Stéphane Pineau

Die Vakzination des Impfens

www.tredition.de

© 2021 Stéphane Pineau

Verlag und Druck: tredition GmbH
                    Halenreie 40-44
                    22359 Hamburg

Coverbild: Mia Löwenherz

ISBN
Paperback: 978-3-347-35747-1
Hardcover: 978-3-347-35748-8
e-Book: 978-3-347-35749-5

Die Vakzination des Impfens

Ein Kurzroman

Stéphane Pineau

Inhalt

1 – Die Entlassung

Der Tag begann mit Kopfschmerzen. Eigentlich nicht so ungewöhnlich, doch Quirin spürte, dass etwas anders war als sonst. Irgendwie hatte er eine Vorahnung. Nicht umsonst sah er die Welt seit fünf Jahren durch Gitterstäbe. Hofgang ausgenommen. Diese Haft sollte Zeit zum Nachdenken geben – sagte die Richterin. Darüber nachdenken, welchen Mumpitz er verbreitet hatte. Doch da er recht gut schauspielern konnte, glaubte man ihm; was dann auch zu seiner Entlassung führte. Ziemlich exakt fünf Jahre nach seiner Verurteilung durfte er wieder in die Freiheit. Auch wenn er Kontakt nach draußen hatte und daher ziemlich gut wusste, wie sich die Welt in dieser Zeit verändert hatte, überkam ihn trotzdem ein seltsames Gefühl.

Nun gut, es war der Tag seiner Entlassung, was will man an so einem Tag mehr? Quirin war erst fünf Tage vor seiner Entlassung 45 geworden, hatte nur wenig graues Haar und war top-fit. Seinen geraden, aufrechten Gang und die gesunde Haltung hatte er sicher dem regelmäßigen Sport zu verdanken. Seine Arbeit als Wissenschaftler war ja nicht wirklich von Bewegung geprägt. Auch wenn er oft zwischen Büro und Labor hin und her sprintete. Im Institut gab es schon Wetten, wann er im Treppenhaus mal die Kurve nicht bekommen würde. Hätte er am Geländer mal danebengegriffen, hätte er sein Wissen über Massenträgheit schmerzhaft bestätigt gewusst.

Der Tag seiner Entlassung sollte eigentlich ein Tag der guten Laune sein, doch er konnte sich nicht wirklich darüber freuen. Er fühlte sich ausgelaugt, sein Gehirn war irgendwie leer, die wenigen Erinnerungen waren schwammig. Er hatte das Gefühl, als seien seine Erinnerungen nicht echt und wie ein billiges Mofa frisiert. Einigermaßen klar waren seine Erinnerungen an die letzten Tage vor seinem Termin mit Dr. Christian.

Dass Dr. Christian seinen Job im Institut zwei Jahre nach Quirins Verurteilung an den Nagel gehängt hatte und anschließend die Leitung der

Anstaltskrankenstation übernahm, war für Quirin ebenso überraschend wie logisch gewesen. Das mag widersprüchlich klingen, doch Dr. Christian liebte seine Arbeit, wohingegen es schon von Anfang an Differenzen zwischen ihm und Dr. Marburg gegeben hatte. Offensichtlich hatte Dr. Christian nicht mehr die Nerven für die ständigen Diskussionen und Vorwürfe. In der Anstaltsklinik hatte er augenscheinlich ein entspanntes Arbeitsleben. Und dass es mit der Entlassung Quirins gleich beim ersten Gespräch klappte, war sicherlich auch der Fürsprache von Dr. Christian zu verdanken.

Verächtliche Blicke trafen ihn, als er zum Tor begleitet wurde. Jeder mag den Verrat, niemand den Verräter. So er denn einer ist? Nur weil man durch ein Gericht schuldig gesprochen wurde, ist man es noch lange nicht. Doch welches Gericht kann in dieser kontrollierten Welt noch universelles Recht sprechen? Und wer definiert den Unterschied zwischen Verrat und Aufdecken?

Es begann damals – Mitte der 1990er Jahre – ganz langsam mit dem Aufstieg eines Software-giganten und eines Computerriesen. Zunächst als Konkurrenten, später als Partner. Nachdem der Gründer und Kopf des Computerriesen bei einem Flugzeugabsturz verstarb, kamen sich beide Firmen näher und verschmolzen zu einem multinationalen Konzern. Spätestens als die Mo-bilfunksparte dazu kam, hätte man vielleicht ahnen können, was da auf die Welt zukommen würde. Nun, selbst heute glauben es die meisten noch nicht. Obwohl das System sie vereinnahmt hat. Mahner wurden damals als Querulanten beschimpft. Jeder der Zweifel anbrachte, wurde ausgelacht und so nahm die schleichende Be-drohung ihren Anfang. Selbst renommierten Wissenschaftlern wurde nicht gewahr, was da vor sich ging. Und vielleicht immer noch vor sich geht?

Quirin schritt durchs Tor und trat auf den Gehweg. Niemand wartete auf ihn. Nun, wer sollte ihn auch abholen? Die meisten hatten sich damals von ihm abgewandt, sie hielten Quirin für einen Querulanten, einen Aufwiegler. Seine

Zellenkollegen – mit einer Ausnahme – kamen immer wieder mit der gleichen Frage: *„Na ... wann ist es denn soweit? Hahahaha ...."* Dass es bislang offensichtlich noch nicht zu den befürchteten Nebenwirkungen gekommen war, war Zufall, pures Glück. Oder sollte er doch so verdammt falsch gelegen haben? Wenn dem so war, dann hatte er zwar fünf Jahre gesessen, doch zumindest spürte er damals wie heute keine Nebenwirkungen. Sah man von den Kopfschmerzen ab, die aber als Impfreaktion zu erwarten waren. Und er hatte das Gefühl, Lücken in seinen Erinnerungen zu haben. Die meisten erschienen ihm so schwammig – wie geträumt. Ab und zu sah er silberfarbenen Glitter vor seine Augen herumschwirren. Dass sein kompletter linker Schulterbereich schmerzte, führte er auf die schlechten Matratzen zurück. Außerdem hatte der Einstich am rechten Oberarm stattgefunden. Warum sollte ihm da die linke Schulter Probleme machen? Eher nicht!

Er stand nun vor dem Gefängnistor, nahm einen tiefen Atemzug, schaute nach rechts, nach links, überquerte die Straße und lief Richtung Osten. Die Wärter sagten zwar, er solle Richtung Westen laufen, um den kleine Ort Mellwater zu erreichen, doch es hatte sich herumgesprochen, dass die Angestellten jeden entlassenen Häftling mit voller Absicht in die falsche Richtung schickten. Wie furchtbar alt und langweilig dieser Spaß war, überrissen die Wärter absolut nicht.

Nach ca. 4 vier Stunden Fußweg erreichte er Mellwater. Klein und beschaulich lag das Städtchen vor ihm, doch je näher er dem Stadtkern kam, desto seltsamer wirkte der Ort. Die Menschen schauten grimmig und waren unfreundlich. Da überlegte sich Quirin lieber zwei Mal, ob er nach dem Weg zum Bahnhof fragen, oder doch besser selbst danach suchen sollte! Ob die Formel *„Wer freundlich fragt und spricht, dem wird geholfen!"* auch hier galt? Er musste grinsen und entschloss sich zu fragen. Was sollte schon passieren?

Die Zeitungsverkäufer wissen doch alles – meistens?! Also trat er vor den Zeitungsstand, lächelte und fragte nach dem Weg zum Bahnhof. *„Sie kommen aus der Anstalt, richtig?"*, raunzte ihn die

Verkäuferin an. *„Und wollen zum Bahnhof?"*, schob sie gequält hinterher. *„Ist mit Ihnen alles in Ordnung?"*, entgegnete Quirin und sah dabei auf die Schlagzeilen der BGZ.

Mit einer wedelnden Hand und der pampigen Frage *„Was? Wollnse die haben oder nur glotzen?"*, unterbrach ihn die Verkäuferin beim Lesen der Schlagzeile. Dass Quirin ihr das Gefühl gab, nicht zuzuhören, ärgerte sie fürchterlich und ihre Stimmung wurde noch zickiger, als sie eh schon war. *„Das ist hier ein Zeitungsstand, keine Infobude, klar?"*

Quirin schaute sie fragend an und schüttelte den Kopf, *„Ok ... dann einmal die BGZ ... und der Weg zum Bahnhof? Bitte!"* Ohne ihn anzuschauen, streckte sie eine Hand vor: *„4,80 € ... Straße rechts runter, an der Kreuzung links und dann immer geradeaus. Da steht aber auch ein Schild!"* Quirin legte den Kopf wie ein fokussierter Hund etwas zur Seite und ihm fiel nichts Besseres ein, als ein Spruch aus seiner Jugend: *„4,80? Nene nur die Zeitung, nicht den ganzen Kiosk ... das ist doch nur eine Tageszeitung, nicht wahr?"* Die Verkäuferin schaute ihn irritiert an und sagte: *„Sie* *haben die letzten Jahre nicht viel mitbekommen?!"* Sie nahm das Geld, drehte sich emotionslos um und murmelte vor sich hin: *„Dann stimmt es also doch?"* In auffälliger Hektik griff sie zum Rollladen und maulte Quirin an: *„Wir haben jetzt geschlossen ..."* Zeitgleich ließ sie den Rollladen krachend herunter. Quirins Blick zuckte zwischen seiner Armbanduhr und dem Schild der Öffnungszeiten hin und her. "*...wir haben gerade mal 11:00 ... und Sie haben doch bis 18 ...?"* Der Rollladen war unten und seine Worte prallten nutzlos gegen selbigen, wie ein Schneeball der eigentlich im Wohnzimmer des Nachbarn landen sollte. Seine Fantasie ging wieder mal mit ihm durch und er sah bildlich, wie seine Worte an den Rollladen prallten, zerbrachen und in einzelnen Buchstaben klirrend auf den Boden fielen. Als er bemerkte, dass er seine Augen geschlossen hatte und mental langsam wegtauchte, zuckte sein Körper kurz auf und er war wieder im Hier und Jetzt. Er musste grinsen. Irgendwie gefielen ihm seine fantastischen mentalen Ausflüge.

Mit der Zeitung unter dem Arm ging er zum Bahnhof. Dort angekommen, kramte er sein altes Handy hervor und bat im Handyladen um eine SIM-Karte. Die SIM-Karte der JVA war nur für seine Haftzeit gültig und musste bei der Ausgabe der persönlichen Dinge abgegeben werden. Er wollte, vielmehr er musste dringend seine Freunde und Verwandten anrufen, um zu ihnen zu erklären, dass er eben doch noch der Alte war. Auch wenn sich viele sicher verändert hatten, wusste er, dass er sich auf zwei seiner Freunde verlassen konnte. Im Grunde drei, es gab da ja auch noch Irmgard. Vielleicht! Er war sich nicht sicher, weil er seit seiner Inhaftierung keinen Kontakt mehr zu ihr pflegte! Da die Gespräche abgehört wurden, war klar, dass er auch gegenüber seinen Freunden schauspielern musste. Es war kompliziert, es blieb kompliziert.

Er ging in die Schalterhalle und sah sich um. *„Auffällig wenig los hier."*, dachte Quirin. Der Fahrkartenautomat schaute ihn erwartungsvoll an, doch der Getränkeautomat lächelte etwas überzeugender und er zog sich erst mal ein Bier – ein

Bier …seit wann hatte er kein anständiges Bier mehr getrunken? In der Wäscherei wurde zwar heimlich gebraut, doch das Gebräu war kaum zu ertragen. Als er in der Anstalt ab und an von diesem grässlichen Zeug trank, schaute er vor jedem Schluck ein wenig ein Klärwärter, der seine Arbeit geschmacklich prüfen muss. Nun, Hauptsache es war Alkohol im Spiel. Bevor Quirin schaute, wann der nächste Zug kam, musste er zunächst mal herausfinden, wo er hinmöchte oder besser gesagt hin kann?! Auf die Bank setzend, öffnete er mit einer Hand geschickt die Bierdose. Das ist wie Fahrrad fahren, das verlernt man nicht! Dieser hopfige Geruch ließ seine Vorfreude ins unermessliche steigen. Er setzte an und spürte, was ihm die letzten 5 Jahre gefehlt hatte. *„Ok, dann versuchen wir es mal …"*, flüsterte er und tippte die Nummern ein, die er noch im Kopf hatte. Pedro, sein Alter Ego, sollte als erster seine freie Stimme hören.

Nach fünf Freizeichen rauschte und klackerte es am anderen Ende und es erklang eine weibliche Stimme: *„Hallo?"* *„Hallo … Quirin hier. Ich möchte*

Pedro sprechen ... das ist doch noch seine Nummer?" „Pedro? Wer ist Pedro. Ich bin Kristina und denke, dass Sie sich verwählt haben?!" „Seit wann haben Sie diese Nummer?", entgegnete Quirin. „Ach ... keine Ahnung? Was soll die Frage? ... Schon ziemlich lange. Ich denke, seit ca. fünf Jahren"* Quirin runzelte die Stirn und schaute in die Ferne *„Wie kann das ...?",* entfuhr es leise seinen Lippen. Nach etwas Stille sagte die weibliche Stimme: *„Hallo ...? Alles gut bei Ihnen?!"* „Ja, ja ... alles gut. Danke!",* erwiderte Quirin und legte auf. Er tippte die zweite Nummer ein, die ihm in den Sinn kam. Sein Onkel Samuel – Onkel Samy. Das Bier ansetzend und einen Schluck nehmend, wartete er geduldig auf den Verbindungsaufbau. Ohne Freizeichen begann eine Stimme zu sprechen: *„Diese Nummer ist vorübergehend ..."* Er legte auf und schaute nachdenklich auf sein Bier. *„Nein!",* sagte sich Quirin, *„Nur weil zwei Nummern nicht funktionierten?"* Wenn er nicht Anfang der Woche noch mit ihnen gesprochen hätte, wäre das nicht so ungewöhnlich!

Bevor er es weiter versuchte, las er zunächst einmal die Schlagzeile der BGZ.

„Neuartige Gehirnkrankheit Wissenschaftler und Ärzte ratlos!"

„Eine neuartige, weltweit auftretende Gehirnkrankheit beunruhigt die Wissenschaft. Wie gestern bekannt wurde, scheinen die häufenden Vorfälle – wie bereits in der Pandemie im Jahr 2020 – zu einem weltweiten Problem zu werden. Wie Ärzte berichten, äußert es sich in unterschiedlicher Art und Weise. Bislang seien 6 bis 7 verschiedene Krankheitsverläufe aufgetreten, die Symptome wie Verwirrtheit, Aggressivität, massive Gewaltausbrüche, Gleichgültigkeit und starke Einschränkungen des Bewegungsapparates hervorriefen. In allen Fällen endet die Krankheit 5 – 7 Tage nach Auftreten der Symptome für die betroffenen tödlich. Auch gesunde Menschen, waren unter zahlreich unter den Opfern zu finden. Verursacht durch tödliche Verletzungen nach Gewaltausbrüchen der Erkrankten."

Quirin schaute nachdenklich ins Nichts und spürte etwas Unbehagen ob dieser Meldung. Ihm wurde ein wenig schummrig und er schloss die Augen. Vor seinen geschlossenen Augen sah er kleine silberfarbene, glitzernde Punkte im

Raum schweben. Ähnlich dem Nachbild, wenn man zu lange in die Sonne geschaut hatte. Gedankenverloren saß er dort, als ihn ein Finger-Stuppser auf die Schulter in die Realität zurückholte.

2 – Bob

„Heute fährt kein Zug!", maulte ihn ein Bahnhofsmitarbeiter an. *„Nichts mitbekommen, oder?"* Mit schmerzverzerrtem Gesicht griff sich der unhöfliche Typ an den Kopf. *„Kopfweh?"*, fragte Quirin. Etwas geistesabwesend reagierte der Bahnhofsmann pampig: *„Was? Was geht Sie das an?"* An Quirins Blick bemerkt er, dass er wohl etwas zu unverschämt war und senkte die Stimme: *„Seit letztem Freitag fallen viele Züge aus – landesweit. Wir haben keine Zugführer mehr … viele sind krank!"*

„Krank?"

„Meine Fresse … Du weißt ja gar nichts. Ach, du kommst aus der JVA? Ja, dann ist …" Mit schmerzverzerrtem Gesicht fuhr er fort: *„…Diese Kopfschmerzen … seit ein paar Tagen, schlimm … verrückt ist ja, dass ich die Kopfschmerzen habe, doch die Erkrankten nicht? Es scheint zunächst harmlos zu sein, da es nur mit etwas Verwirrtheit beginnt, doch es wird täglich schlimmer, bis die Erkrankten einfach Tod umfallen."*

Bob war schon lange Mitarbeiter der Bahn und hatte daher so einige Krisen mitgemacht und gemeistert. Auch krasse Krankenstände. Doch die vielen Krankheitsfälle unter seinen Kollegen irritierten selbst so einen hartgesottenen Arbeitnehmer wie ihn. Mit seinen gerade mal 52 Jahren war er ebenso wie Quirin erstaunlich gut in Form und Haare gab es auch noch auf seinem Kopf. Konnte bei Bob aber nicht am Sport liegen. Sport ist jetzt nicht das, was er seine Passion genannt hätte. Gelegentlich ging er mit zum Bouldern. Doch hauptsächlich, um die beeindruckenden Moves an den Wänden zu bestaunen und die Getränke an der Bar zu testen.

Es schien, als ob er langsam Vertrauen in Quirin fasste – was erstaunlich war ob des holprigen, unfreundlichen Starts – und so begann er etwas mehr zu erzählen. Aus Bobs Sicht notwendig, da Quirin in der JVA offensichtlich wenig Kontakt nach draußen gehabt hatte – was Quirin augenscheinlich nicht bewusst war. Man hatte ihm ziemlich sicher Informationen von außen verwehrt, um seinen Verschwörungstheorien nicht noch mehr Futter zu geben. Die Anstalt war irgendwie auch kein richtiges Gefängnis, eher ein Behandlungszentrum für Menschen mit zweifelhaften Ansichten, einem nicht tolerierbaren Hang zur Gewalt und sonstigem kriminellen Potential. Quirin hatte zwar keinen Hang zu Gewalt, doch man warf ihm vor, Verschwörungstheorien zu verbreiten, die in der Bevölkerung sicher Unruhe stiften würden. Zumindest war es das, was er während der Verhandlung erfuhr. Und als dann auch noch herauskam, wie er sich zum Feierabend gelegentlich entspannte, war der Staatsanwaltschaft kaum mehr mit Argumenten zu begegnen.

„Hat es mit der Schlagzeile zu tun?", fragte Quirin und hielt die Zeitung etwas in die Höhe. Auf Quirins Bier schauend antwortete Bob: *„Ja …darum geht es. Üble Sache! Sollte es wieder einen Impfstoff geben wie bei der großen Pandemie 2020, dann bin ich wieder der Doofe und muss in eine Art Beugehaft. Ich wollte es nicht! Ich will es nicht!"* Quirin wusste, was das bedeutet: Mindestens einen Monat in staatlich kontrollierte Haft. Möglicherweise sogar länger.

„Du wurdest zwangsgeimpft, richtig?", wollte Quirin wissen. *„Richtig, ich war Teil des Impf-Widerstandes und*

habe mich zunächst erfolgreich gegen die Impfung gewehrt. Ich musste damals 2,5 Monate in diese Schutzhaft – Schutzhaft! Euphemismus in Reinform. Doch witzig war ja, dass das manipulierte TV-Programm besser war als die freien Sender."

Kurze Stille.

„Ich bin übrigens Bob.", unterbrach er das Schweigen.

„Ich bin Quirin, freut mich! Wenn kein Zug fährt, muss ich wohl zunächst mal bleiben. Kannst du mir eine Unterkunft empfehlen?" „Ja, es gibt ein paar Hotels. Frag im Vakation nach. Die haben auch eine gute Bar. Straße runter und an der Zweiten rechts. Ganz einfach ... verdammt, diese elendigen Kopfschmerzen ..."

Mit einem freundlichen Händeschütteln verabschiedeten sich die beiden und Quirin lief zum Vakation. Der entspannte Typ an der Rezeption hieß Peter und ließ keinen Zweifel aufkommen, dass er keinen Bock hatte zu arbeiten. Sollte Quirin egal sein, solange er ein Zimmer bekam. Durch das alles andere als atemberaubende Tempo von Peter lief die Buchung einer Unterkunft furchtbar zäh, doch schlussendlich bekam er einen Schlüssel für ein Zimmer überreicht. Eines mit Blick auf die Straße. So manches kam ihm seltsam vor und er wollte sich einen Überblick verschaffen. Das Zimmer war schlicht, doch praktisch und irgendwie auch gemütlich eingerichtet. Er schob den Armsessel zum Fenster, machte es sich mit einem Bier aus der Zimmerbar gemütlich und schaute sich das Leben auf der Straße an. Sofern man von Leben sprechen konnte. Es war außergewöhnlich wenig los. Außergewöhnlich, da der zivile Ungehorsam seit 2020 ein probates Mittel der Bevölkerung war. Empfehlen die Behörden – wie er es in der BGZ gelesen hatte – zuhause zu bleiben, wurde exakt das getan was der Empfehlung entgegenstand.

Es begann zu dämmern. Quirin fielen langsam die Augen zu, er glitt in eine Halbschlafphase und schlief schließlich tief ein.

3 – Der Anfang

Silberne Partikel schwebten in einem milchigen Medium vor seinen Augen. So langsam und besonnen, wie Quallen durchs Meer wandern. Er griff ins Nichts und schüttelte es ... das milchige Nichts; so wie er eine Schneekugel schütteln würde. Die Partikel wurden etwas schneller und verteilten sich neu und dazu noch pedantisch gleichmäßig. Es sah interessant und witzig gleichermaßen aus. Mit noch immer verschlossenen Augen begann er das Schauspiel sichtlich zu genießen. Ein seichtes Lächeln legte sich auf sein Gesicht, bis ihn plötzlich das Klopfen seines Telefons vermeintlicher Weise ins Hier und Jetzt zurückholte. Knock-knock machte es erneut und die silberfarbenen Partikel begannen, sich um sein Handy herum zu sammeln. Ihm wurde unwohl, dann hörte er aus der Ferne seinen Namen und er begann zu laufen, zu rennen. Schneller, immer schneller, doch die Stimme verfolgte ihn, kam immer näher und war doch so weit weg. Es klopfte erneut und jemand flüsterte wieder und wieder seinen Namen. Jetzt wurde ihm bewusst, dass er seine Augen geschlossen hatte und er kämpfte, um sie zu öffnen … ganz langsam verschwand diese irritierende, doch spannende Welt um ihn herum.

Es war bereits dunkel, als es leise an der Tür klopfte und er seinen Namen hörte. Mit dem langsamen Öffnen der Augen wurden das Klopfen und das Rufen lauter und lauter … hatte er geträumt? Sichtlich irritiert schaute er sich um und nach ein paar Sekunden wusste er wieder, dass er in einem Hotelzimmer war. Ja, er hatte geträumt. Nun hörte er klar und deutlich, dass jemand vor seiner Zimmertür stand.

„Quirin … bist Du hier? Ist das dein Zimmer? Ich bin es, Bob …!"

Bob? Was wollte der Bahnmitarbeiter von ihm? Nun, dachte Quirin, was nützt es drüber nachzudenken?! Er mühte sich hoch und ging zur Tür. Als er die Klinke betätigte, spürte er, wie die Tür von außen aufgedrückt wurde. Bob sah sich noch mal um und trat ins Zimmer ein.

Blass und in völliger Auflösung rang er um Worte.

„Quirin, irgendwas stimmt hier nicht ..." Er ging zum Fenster und schaute vorsichtig auf die Straße, die nur von schlechten Straßenlaternen beleuchtet wurde und zog den Vorhang zu. Dann wandte er sich an Quirin und stotterte: *„Scha ... Schau mir bitte in die Augen."* Nach einem prüfenden Blick in Quirins Augen wirkte er ein wenig entspannter, fragte dennoch: *„Welche Augenfarbe hast du?"* *„Blau!"*, antwortete Quirin. *„Bob, was redest du da?"*

Bob nahm sich ein Bier aus der Zimmerbar, setzte sich in den Sessel und begann zu erzählen:

„Zuerst dachte ich, es sei ein blöder Zufall. Also, du weißt, manchmal wirken Menschen komisch ... doch dann blieb es nicht bei einem Fall."

„Alter, komm auf den Punkt!", sagte Quirin etwas genervt.

„Also, ich hatte Feierabend und wollte gerade den Bahnhof verlassen, als mir ein Besoffener in die Arme fiel. Es war Claude, der Wein liebende Franzose. Ich kenne ihn recht gut und sah

schnell, dass etwas anders war. Seine Augenfarbe war weg! Er hatte graue, blasse nichtssagende Augen."

„Wie? Die Augenfarbe war weg?!" Bob war ein aufmerksamer Beobachter und spürte, dass Quirin nicht wirklich überrascht war oder zumindest eine Ahnung hatte.

„Ja … und so leer. Er schaute mich an, als würde er mich nicht kennen. So fragend und gleichzeitig war der Blick so leer!" Nachdem Bob das Bier in Druckbetankungsmanier geleert hatte, ging er zur kleinen Zimmerbar und suchte den Whisky. Er fand ihn und schenkte großzügig ein, um dann doch den ersten Schluck aus der Flasche zu nehmen. Tief und verzweifelt einatmend, fuhr er fort: *„Dann lief Claude auf die Straße. Vielmehr stolperte er auf die Straße und wurde von einem LKW überfahren. Schlimm … doch das Schlimmste war, dass sich niemand dafür interessierte. Der LKW-Fahrer hielt an, schaute und fuhr weiter. Die Schabracke vom Kiosk ging zu ihm, nahm einen Arm hoch und ließ ihn wieder fallen, murmelte etwas von „Tot …" und ging weg. Sie schaute mich nur kurz an, doch es reichte, um zu sehen dass sie blasse Augen hatte … farblos!"* *„Und dann?",* bohrte Quirin nach. *„Ich war extrem irritiert und bin nach Hause, um zu warten, bis es dunkel wurde. Um dann zu dir zu kom-*

men." „Warum zu mir ... wir kennen uns kaum?" „Du machtest einfach nur einen vertrauenswürdigen Eindruck und außerdem warst du in der Anstalt ... das muss doch abhärten?!" Quirin schaute Bob furchtbar verwirrt und fragend an und nahm ihm die Whiskyflasche aus der Hand. Wenn Bob aus der Flasche trank, dann machte er sich selbst sicher nicht die Mühe, ein Glas zu holen. Sie leerten die Flasche still und schliefen beide ein. Quirin im Sessel und Bob auf dem Fußboden.

4 – Spinat und Eisen

Bob wachte am nächsten Morgen vom gewittergleichen Rumoren seines eigenen Magens auf. Quirin stand am Fenster und fragte: *„Hunger?"* *„Ja"*, murmelte Bob etwas gequält und mühte sich vom Fußboden hoch. Er drehte sich suchend im Zimmer um und sah, was er brauchte. Eine kleine Küche. Das Vakant war ein BoardingHouse und bot Zimmer mit Küchen, die eher den Pentriküchen einer Studentenbude glichen. Bob kramte in seinem Rucksack und holte frischen Spinat hervor. *„Darf ich ihn mir hier schnell machen?"* Ohne auf die Antwort zu warten, lief Bob zur Küchenzeile und sprach einfach weiter: *„Quirin, wusstest du, dass Spinat weniger Eisen hat, als allgemein angenommen? Faktor 10"* *„Spinat ... Eisen?!"*, flüsterte Quirin vor sich hin.

„Bob, du sagtest, dass du damals in Schutzquarantäne musstest ...?" *„Ja, also nein, es war mehr eine Beugehaft ... was hat das mit Spinat zu tun?"* Quirin runzelte die Stirn und murmelte aus dem Fenster schauend: *„Moment ... ich muss nachdenken ..."* Quirin sah sich das seltsame

Treiben auf der Straße an. Es war, wie Bob es beschrieben hatte: seltsam! Einige Menschen liefen wie ferngesteuert durch die Gegend. Als ob die seltsame Krankheit, die gestern in den Schlagzeilen stand, auch hier in Mellwater angekommen war. Nachdenklich drehte er sich zu Bob: *„Sag mal ... du sagtest, du hast auch fürchterliche Kopfschmerzen? Seit wann?"* Bob überlegte etwas, ohne dabei den Spinat – den er gerade hackte – aus den Augen zu verlieren. *„Seit ca. 3 Tagen ... warum?"*, antwortete Bob und schob *„Erika auch ...!"*, hinterher. *„Erika? Wer ist Erika?"*, wollte Quirin sofort wissen. Lachend, auch wenn ihm nicht wirklich zum Lachen zumute war, begann er zu erzählen, dass Erika in Wirklichkeit gar nicht Erika hieß: *„Eigentlich ist ihr Name Amy, doch irgendwann sagte sie betrunken, dass sie gerne mal nach „Amyerika" möchte und schwupps, hieß sie Erika."* In Anbetracht der aktuellen Lage konnte die Geschichte Quirin nur ein höfliches Lächeln entlocken. *„Nun ja, auf jeden Fall klagte sie gestern über Kopfschmerzen. Sie begannen ungefähr zur gleichen Zeit wie bei mir. Sie ging damit nur entspannter um, irgendwie so als kenne sie die Ursache."*, fuhr Bob fort.

Nachdenklich suchte Quirin die Fernbedienung des Fernsehers. Fand sie, griff danach, schaltet den Projektions-TV ein und suchte die Nachrichten. *„Projektions-TV …?"*, flüsterte Quirin fragend. Er musste kaum suchen, denn auf einigen Programmen liefen bereits Sondersendungen. Bei einem Sender stehenbleibend, fragte Quirin beiläufig: *„Mag sie auch Spinat?"* Bob konnte sich nicht vorstellen, was die Frage sollte, doch Quirin tat so geheimnisvoll, dass sicher jede Information wichtig sein konnte. *„Ja, sie teilt meine Leidenschaft."*

„Für einen optimalen TV-Erlebnis, halten sie den Projektionsbereich frei!", sprach die nette Stimme aus dem TV. Die Sprechweise erinnerte Quirin ein wenig an die erste Zeit der Navigationssysteme. Quirin schaute fragend zu Bob: *„… einen Erlebnis?"* Bob lachte: *„Hahaha, ja, das ist eines der ersten Modelle dieser Art. Warum auch immer diese Ansage durch die QS gekommen ist. Wurde dann recht schnell behoben. Das Hotel hat offensichtlich das Update verbockt."* Die Nachrichtensprecherin erschien als Hologramm auf dem runden Projektionsteppich. *„Letztlich ist es kein Teppich …"*, fuhr Bob fort, *„… sondern die notwendige technische Hardware,*

welche ein unsichtbares Medium ausbringt, um eine Projektions-
fläche für die Lichtstrahlen zu bieten. Trotz eines Todesopfers
während der Testphase hat sich das System extrem schnell ver-
breitet. Das hätte man kaum vermuten können, da der erste Test
– wie erwähnt – in einer Katastrophe endete. Man hatte zu Be-
ginn der Entwicklungsphase nicht im Ansatz vermutet, dass die
Projektionsstrahlen gefährlich sein könnten. Der verantwortliche
Designer entwickelte – in Anlehnung an den ersten Ausflug von
Neo in die Matrix – eine Frau mit rotem Kleid, projizierte sie
und wollte sie berühren. Die Strahlen fielen auf seinen Körper
und lösten ihn in weniger als zwei Minuten auf. Da er alleine
war, konnte niemand helfend einschreiten. Doch die Kameras
zeichneten die Situation auf. Sein Gesichtsausdruck verriet Ent-
spannung. Es muss schmerzfrei gewesen sein. Trotzdem löste er
sich in Licht auf und wurde wie von einem Staubsauger ins Gerät
gesogen. Und ward nie mehr gesehen."

„Verrückte Geschichte. Habe davon im Knast nix mitbe-
kommen … doch warte, psst… " Beide starrten gespannt auf die Projektion, die zu sprechen begann:

„… in vielen Großstädten scheint die Lage
nicht mehr kontrollierbar. Es haben sich in den
letzten Tagen verschiedene Charaktere gebildet,
welche nicht zu erklären sind. Professor Mere-

des warnt eindringlich davor, das Haus zu verlassen:

„So lange wir nicht wissen, ob es ansteckend ist, müssen wir Maßnahmen wie 2020 durchsetzen."

„Ist es nicht ... ich habe da ein komisches Gefühl", nuschelte Quirin. Bob stand mit einer Schüssel voller Spinat neben ihm und verstand nicht, was er damit meinte. Den Mund voller Grünzeugs fragte er: *„Waff? Waff ist nicht?"* *„Hatte nur laut gedacht ... ich denke nicht, dass es ansteckend ist."* Um nicht ins Detail gehen zu müssen und Bob die Möglichkeit zu nehmen, das Thema weiter zu hinterfragen, lenkte Quirin ab: *„Was machen deine Kopfschmerzen?"* Bevor Bob antworten konnte, sprach Quirin einfach weiter: *„Und ruf Erika an. Frag, wie es ihr geht und ob wir – Moment, wohnt sie weit weg?"* *„Mellwater ist so klein, da wohnt niemand weit weg. Sie wohnt um die Ecke, quasi! Beim Kiosk."* *„Mmmh? Bob, ist sie integer?",* wollte Quirin wissen. Bob war zwar nicht ungebildet, doch schaute er Quirin fragend an: *„Was soll sie sein?"* *„Integer ... vertrauenswürdig, aufrichtig, anständig ... so was halt!",* erklärte Quirin, während er weiter auf die Straße schaute. Ohne auf eine Antwort zu war-

ten, redete er weiter: *„Ruf sie an und bitte sie – nein befiehl ihr – zuhause zu bleiben. Hat sie eisenhaltige Medikamente, soll sie diese in einen Rucksack packen. Dazu persönliche Sachen – ich hole sie gleich ab."* „Eisen, was?", fragte Bob verwundert. *„Bob, ich habe da so eine Ahnung, mach einfach ... Ruf sie bitte an!"*

Erika anrufen und ihr sagen, was sie machen soll? Dazu hatte Bob wenig Lust und er hatte auch keine Ahnung, was das mit dem Eisen sollte. So cool Erika war, so wenig ließ sie sich sagen. Trotzdem nahm Bob sein Handy und sagte: *„Erika!"* Das Telefon wählte Erikas Nummer, sie nahm ab und Bob sagte ihr freundlich, doch deutlich, was Quirin ihm vorher aufgetragen hatte. Quirin bekam etwas mit und die Art und Weise, wie Bob mit ihr sprach, klang irgendwie vertraut. *„Quirin, er heißt Quirin."*, sagte Bob. *„Ja ... am Bahnhof."* Da Bob bemerkte, dass Quirin lauschte, begann er zu flüstern: *„So wie du es mir beschrieben und aufgetragen hattest. Es traf alles zu."* Mit einem schlichten *„Ja, ok!"* legte er auf.

Derweil lief Quirin wie ferngesteuert durch das Hotelzimmer. Ähnlich der Menschen auf der Straße.

Bob hatte alles geklärt: *„Sie sagte, du musst sie nicht abholen. Wir sollen zu ihr kommen. Medikamente mit Eisen hat sie."* Während er sprach, fiel ihm das seltsame Bewegungsverhalten Quirins auf: *„Alles gut?" „Ja ja, alles gut. Laufe ich in etwa wie die Menschen, die wir auf der Straße sehen?" „Ja ... irgendwie schon." „Ich habe keine echte Ahnung, wie das alles weitergeht ..."* Just in diesem Augenblick unterbrach ihn ein Schrei, beide drehten sich zur Geräuschquelle um und erschraken, ob der projizierten Bilder. Ein Mitarbeiter des Senders griff sich den Kopf der Moderatorin und biss ihr in den Hals. Quirin stand mit offenem Mund vor der Projektion und Bob prustete sein Bier quer durchs Hotelzimmer, um dann auch in überraschter Stille die eben gezeigte Szene ungläubig anzuschauen. Die Moderatorin sank verstummt zusammen. Das Blut rann aus ihrem Hals und sie schien einfach allein gelassen zu verbluten. Quirin und Bob warteten, da sie die kleine Hoffnung hatten, dass es sich um eine Horror-Reality-Satire handelte. Es mutete schon sehr gestellt und geplant an. Wie nach Dreh-buch. Doch als sich ihnen der Sendermitarbeiter mit blassem Gesicht näherte, ahnten sie, dass es mit der Gehirnkrankheit zu tun haben musste.

Es wirkte in den Projektionen so, als ob die Moderatoren, Schauspieler, Sänger etc. am Le-ben im Wohnzimmer teilnehmen könnten, doch die Projektionen konnten nicht über den Teppich hinauslaufen oder greifen. Ein großer Compu-terkonzern arbeitete seit einiger Zeit an interak-tiven Projektionen. So, dass man nicht nur schauen konnte, sondern über eine App einen Tennispartner oder Schachkollegen generierte, der mit einem interagierte. Der entwickelnde Tech-Konzern hatte bereits eine Beta-Version entwickelt und auch testen lassen. Man hat einen Sender in der Größe einer Lautsprecherbox und kann darüber Projektor-Apps – sogenannte Prapps – installieren und entsprechend intera-gieren lassen. Um zu vermeiden, dass – auch wenn es nur eine Projektion ist – die generierte Person im WC neben dir auftaucht, soll es mög-lich sein, den Bewegungsraum vorher zu definieren. Virtual Reality war der Anfang, Almost Reality ist die Zukunft – meinte man. Es rief bislang auch viele Zweifler hervor, da die AR-Technik und der damalige Impfstoff aus dem gleichen Konzern kamen. Nicht so ungewöhnlich, da es ein Mischkonzern mit vielen Sparten war, doch die Verschwörungstheorien dazu überschlugen sich.

Trotz dieser – wohl nicht geplanten – Brutalität lief die Sendung zunächst weiter. Unterschiedliche Gesichter schauten in die Kamera und es wirkte, als ob die Figuren Quirin und Bob anschauten – ganz gezielt! Aufgrund ihres Verhaltens fiel es schwer, sie als Menschen und nicht als Maschinen oder schlicht als Gestalten zu bezeichnen.

„*Uahh*", schreckte Quirin zurück. Bob musste laut lachen: „*Hey, das ist nur eine definierte Projektion. Junge, Junge … Du hast einiges verpasst.*" Quirin grinste, ob seiner Schreckhaftigkeit. Anhand von Bobs Erklärungen wusste er zwar, dass es nur eine Projektion war, doch wenn der Toaster piept, weiß man eigentlich auch, dass jetzt der Toast heraus hüpft. Und schreckt trotzdem kurz auf.

„Warum scheint alles normal und von jetzt auf gleich findet eine Veränderung statt? Als ob jemand den Knopf drückt?", fragte sich Quirin. Plötzlich waren sie wieder da – diese Kopfschmerzen. Und immer wieder begleitet von Glitzereffekten vor seinen Augen.

Der Sender schaltete auf Werbung!

5 – Angelika und Erika

Quirin nahm ein Weißbierglas, drückte die offene Seite an die Tür und hielt sein Ohr an den Glasboden. *„Was wird das denn?"*, fragte Bob. *„Bob, psst ... bevor wir uns auf den Weg machen, möchte ich die Lage im Foyer checken und es wäre schon schön, wenn niemand auf dem Gang herumschleicht."* Quirin hörte offensichtlich nichts und nahm an, dass niemand über den Flur wandelte. Er öffnete langsam die Tür, horchte noch einmal und schob den Kopf vorsichtig in den Flur, um festzustellen, dass niemand dort war. Bevor er das Zimmer verließ, drehte er sich zu Bob um, *„Schließ die Tür und öffne niemandem. Klopft es drei Mal, halte dein Ohr an die Tür und wenn du dann noch ein leises Streicheln an der Tür hörst, bin ich es."* Dann huschte er auf den Flur hinaus. Bob schloss die Tür, nahm sich noch ein Bier aus der Zimmerbar und schlurfte zum Fenster.

Quirin schlich durch den Gang bis zum Fahrstuhl und drückte den Knopf. Auf den Fahrstuhl wartend, sah er vor einem Zimmer einen Regenschirm im Schirmständer stehen und nahm ihn mit. Die Fahrstuhltür öffnete sich, Quirin prüfte, ob er unbesetzt war, sprang hinein und drückte die Null. Das Foyer war leer, selbst die Rezeption war nicht von Peter besetzt. Scheinbar … in der großen Glasfront spiegelte sich eine zusammengekauerte Person. Quirin überlegte kurz, ob größere Gefahr lauere und schaute dabei auf den Regenschirm in seiner Hand. Immerhin war er bewaffnet – irgendwie. Wer betroffen ist, versteckt sich nicht – glaubte er, hoffte er. Er war gerade selber ein wenig erschrocken über diesen Gedanken. Warum spürte er, dass von der Situation keine Gefahr ausging?! Was war da los in seinem Kopf?! Trotzdem blieb er vorsichtig und schlich achtsam zur Rezeption, bis er hinter sie schauen konnte. Dort sah er eine junge Frau von vielleicht 19 oder 20 Jahren mit schulterlangen Haaren in Henna-Rot. In ihre Hand ein großes blutverschmiertes Küchenmesser, neben ihr, unterhalb der Rezeption – über die spiegelnde Glasfront nicht einsehbar – lag ein bewegungsloser, blutender Körper. Die offenen blassen Augen des Toten starrten ihn direkt an. Sein Blick wandte sich zur blutverschmierten Frau, die ob seines Erscheinens erschrak und das Messer verhalten fuchtelnd in seine Richtung hielt. *„Hau ab!"*, schrie sie. *„Hau ab, sonst mache ich dich auch kalt ..."* *„Alles gut ... schau in meine Augen. Alles gut!"*, versuchte Quirin sie zu beruhigen. Natürlich prüfte er auch ihre Augen und sie waren in wunderschönem Blau gehalten und das sagte ihm, dass sie wohl noch nicht betroffen war. Er reichte ihr seine Hand und auch sie bemerkte schnell, dass sie Quirin vertrauen konnte. Schließlich hatte er nicht diesen leeren Blick. *„Ich bin Quirin, vertrau mir."* Die junge Frau senkte das Messer, welches sie immer noch in einer Drohgebärde in seine Richtung hielt und legte es ab. Dann griff sie seine Hand und drückte fest zu. *„Ich bin Angelika, die Auszubildende ..."* Schluchzend zeigte sie auf den blutüberströmten leblosen Körper. *„Das ist ... das war Peter. Mein Ausbilder ... war mein Ausbilder."* Quirin versuchte, sie zu beruhigen – was in Anbetracht der aktuellen Lage auch für ihn schwierig war. Er nahm das Messer, reichte es ihr und sagte: *„Du arbeitest hier?"* Angelika nickte nur kurz. *„Ok ... dann weißt du, ob noch mehr Gäste eingebucht sind?"* Angelika nickte wieder. *„Mit Ihrem Zimmer, sind nur noch* *zwei weitere ausgebucht.“*, flüsterte sie. Quirin stand kurz auf, schaute über den Empfangstresen, um die Situation im Foyer zu prüfen. *„Ruf sie von hier an und wenn sie sich normal anhören, bitte sie, in ihren Zimmern zu bleiben und abzuschließen … und dann müssen wir hier weg.“* Angelika schien sich etwas zu beruhigen und etwas Vertrauen zu Quirin zu fassen. Wie bei der Begegnung mit Bob, schien er gerade eine vertrauenswürdige Aura zu haben. Und Angelika wechselte langsam vom ängstlichen Flüsterton in eine gefestigte Stimmung. *„Und wenn nicht?“*, hakte sie nach. *„Wenn nicht was?“* *„Wenn sie nicht dran gehen oder wenn sie komisch sind?“* *„Dann ist es zu spät und du legst einfach auf …“*

Sie griff – mit dem Rücken an die Rezeption gelehnt – über ihren Kopf nach hinten und tastet den Tisch ab. Als sie das Telefon fand, zog sie es zu sich herunter. Quirin tat selbiges mit dem Buchungsbuch und nannte ihr die Nummern der gebuchten Zimmer. Zimmer 8 reagierte nicht. Nach 10 Freizeichen legte sie auf. In Zimmer 13 nahm eine Frau mit stotternder und verunsicherter Stimme ab. *„Haa … allo?“*, sagte die Stimme und bevor Angelika reagieren konnte schlug die stotternde Stimme in einen Redefluss um, der seines Gleichen sucht.

„Rezeption … was ist hier los? Die Nachrichten überschlagen sich … draußen passieren komische Dinge … ich weiß nicht was ich machen soll … hallo? Warum sagen Sie denn nichts? Wer ist denn dort überhaupt?"

„Ich bin Angelika … bleiben Sie bitte in Ihrem Zimmer und schließen ab. Bedienen Sie sich bei Bedarf in der Zimmerbar." Schulterzuckend und mit einem fragenden Blick wandte sich Angelika zu Quirin. *„Frag, ob sie mit uns möchte – ich hole sie gleich ab!"*, beantwortete Quirin die nicht gestellte Frage. Angelika fragte nach und einen kurzen Augenblick später nickte sie.

Quirin nahm Angelika vorsichtig bei der Hand und forderte sie auf, ihm zu folgen. Gemeinsam schlichen sie hoch zu seinem Zimmer. Dort sicher angekommen, klopfte und strich er wie vereinbart an der Tür und Bob öffnete vorsichtig. *„Bob, kleine Änderung im Team! Wir haben Verstärkung!"* Quirin und Angelika betraten das Hotelzimmer und bevor Quirin die Möglichkeit hatte, Angelika vorzustellen, sprachen sich beide mit Namen an. *„Bob?!"*, rief Angelika aus. *„Angeli-*

ka?!", kam im gleichen Augenblick von Bob. Quirin schaute beide an und machte ein Gesicht wie ein Eichhörnchen, wenn es blitzt. *„Ihr kennt euch?! Gut, dann kann ich mir ja sparen, euch vorzustellen. Wartet hier ... ich muss zu Zimmer 13."* Quirin huschte wieder aus dem Zimmer heraus und suchte die 13. Konzentriert vor der Tür stehend, lauschte er an der Tür und nachdem er nichts hörte, klopfte er vorsichtig. Niemand öffnete! Er drückte ein Ohr an die Tür, lauschte noch einmal und als er dabei vorsichtig die Türklinke drückte, bemerkte er, dass nicht abgesperrt war. Vorsichtig drückte er die Klinke ganz nach unten, schob die Tür auf und sah eine Dame von vielleicht 65 – 70 Jahren im Ohrensessel sitzen. Offensichtlich hörte sie ihn nicht, als er das Zimmer betrat. Langsamen Schrittes und mit einem lauten *„HALLO?"* ging er auf den Sessel zu. Sein lautes Rufen schien dann doch angekommen zu sein, denn die Dame dreht sich zu ihm um, sah ihn kurz mit einem furchterregend leeren Blick an und drehte den Kopf wieder Richtung Fenster. So, als ob sie gelangweilt auf Anweisungen wartete. Quirin wusste, was nun das Beste war ... er schritt rückwärts zur Tür zurück, verließ das Zimmer und schloss die Tür. *„Zu spät!"*, flüsterte er und ging zu Zimmer 7 – seinem Zimmer!

Als er das Zimmer betrat, schauten ihn Angelika und Bob erwartungsvoll an. Er schüttelte nur leicht den Kopf in der Hoffnung, dass sie verstanden, was er damit ausdrücken wollte. Beide nickten enttäuscht, gaben ihm damit aber das Signal, dass sie es kapiert hatten. Dann griff er den Beutel mit seinen Habseligkeiten, die man ihm bei der Entlassung ausgehändigt hatte und begab sich zur Tür. *„Na dann los, auf zu Erika!"*

Das Foyer war immer noch wie ausgestorben. Offensichtlich waren „sie" nicht auf der Suche nach Opfern. Schließlich war das hier kein Zombiefilm … oder vielleicht doch? Quirin schritt voran und lief zur gläsernen Tür. Dort beobachtete er das Treiben auf der Straße, um herauszufinden, ob es die Chance gab, das Hotel zu verlassen und unversehrt zu Erika zu kommen. Es waren einige wenige verwirrte Gestalten unterwegs. Sie liefen teilweise, wie man es aus schlechten Zombiefilmen kannte. Manche liefen so ferngesteuert umher, dass sie sich selber kaum wahrnahmen. Quirin sprach zwar für sich, doch mit Absicht so, dass Angelika und Bob es mitbekamen: *„Ich denke, es ist gefahrlos ... los wir ..."* Bevor er zu Ende sprechen konnte, wurde er Zeuge der unangenehmen Seite des Problems. Gegenüber beobachtete er, wie zwei ängstliche Personen beim Versuch ihr Auto zu erreichen, blitzschnell im Fokus der Gestalten standen. Die Gestalten gingen zunächst langsam, dann schneller auf die beiden zu und bissen ihnen mit einem gezielten Angriff in der Hals, trafen sofort die Schlagader, tranken das Blut und wurden plötzlich ruhiger. Nach ein paar Sekunden gingen sie – augenscheinlich ziellos – weiter und ließen die blutüberströmten leblosen Körper einfach zurück, als wäre ihnen nicht im Ansatz bewusst, was sie getan hatten. *„Eisen ... im Blut schwimmt Eisen ..."*, sagte Quirin zu seinen beiden Begleitern, die sich daraufhin nur fragend anschauten. Zunächst war jedoch wichtig, was er daraus für ihre Flucht ableiten konnte. Er überlegte kurz und erläuterte dann seine Gedanken: *„Es sind nicht alle aggressiv, wir bleiben trotzdem dicht beiei-*

nander, bereit loszurennen, wenn ich es sage. Es nützt nichts, so zu laufen, wie sie es machen. Sie erkennen es offensichtlich! Bob, suche dir eine Waffe!" Bob schaute ein wenig irritiert und stotterte etwas: *„Äh, Quirin, das ist ein Hotel, keine Waffenbude?!"* Quirin sah etwas provozierend zu Angelika, die mit dem blutverschmierten Messer fast lässig dort stand und sich auf Quirins Worte konzentrierte. *„Schau, weißt du warum Angelika noch lebt?!"* Ohne eine Antwort abzuwarten, zeigte er auf das Messer. Im selben Moment hob sie ihren gesenkten Kopf gerade so, dass sie Bob anschauen konnte und fügte hinzu: *„Ich denke lösungsorientiert! Ich mochte Peter eh noch nie!"* Bob verstand, was gemeint war und sah sich um. *„Lösungsorientiert, na gut!"* Er nahm einen Hocker und brach alle drei Beine ab. Derart, dass er sie wie einen Pflock einsetzen konnte. Er mochte einfach Vampirfilme.

Bewaffnet und aufmerksam schritten sie gemeinsam zur Tür. Quirin übernahm zweifelsfrei das Kommando: *„Wir gehen gemeinsam in der Mitte der Straße. Dort haben wir den Überblick und uns kann keiner überraschen."* Alle drei verließen vorsichtig das Hotel und schritten langsam die drei Stufen herunter, die von der Tür auf den Gehweg führten.

Einige Gestalten schauten sie an und bewegten sich langsam auf sie zu. Nicht wie in schlechten Zombie-Filmen, eher wie ein konzentriert nachdenkender Schlafwandler. Doch Quirin wusste, dass der Schein trügen konnte. Er spürte, wie Angelikas Angst in Wut umschlug. Mit etwas Mühe konnte Quirin sie verbal einfangen und sie liefen gemeinsam weiter. Zwei Gestalten kamen direkt auf sie zu, schielten mit schrägen Köpfen in Richtung Quirins Hals. Er nahm Bob einen Pflock ab und als sie nah genug waren, verpasste er beiden einen Hieb vor den Kopf und stach ihnen nacheinander mit dem Pflock durch den Oberschenkel. *„Ich kann sie nicht töten. Vielleicht besteht eine Chance der Heilung?" „Äh ..."*, bemerkte Bob. *„... Quirin, ich denke, sie verbluten bis dahin?!" „Nun, besser als wir."* Quirin sah sich konzentriert um und bemerkte, dass nicht alle so aggressiv waren. Einige standen einfach irritiert herum und schauten, als hätten sie den Bus verpasst. Andere wiederum liefen hektisch umher. Hinter den Fensterscheiben einiger Häuser blickten besorgte Augen auf das Treiben der Straße. Eine Frau sah zu Quirin und *schrieb* mit der Zei-

chensprache, die jeder aus der Schule kennt,
„Viel Glück!" Quirin *schrieb* ihr zurück, dass sie im
Haus bleiben und alles abschließen solle. *„Es sind
offensichtlich nicht alle irre."*, erklärte er den anderen.
Mit strammen Schritten lief eine Gestalt auf Angelika zu. Die Auszubildende drängte sich an
Bobs und Quirins Rücken, hielt das Messer in
Oberschenkelhöhe und plötzlich schlug ihre
Angst einen kurzen Augenblick in Mut um. Sie
stieß die Spitze des Messers ruckartig vor und
traf den Oberschenkel des Angreifers. Nur
leicht, doch es schien auszureichen. Die Gestalt
schaute schmerzbefreit zur Wunde, schaute
dann in Angelikas Augen und blieb einfach
schief auf einem Bein stehend zurück. Die drei
bewegten sich rasch gemeinsam weiter, sie liefen
relativ unbehelligt die Straße entlang und hinter-
ließen glücklicherweise keine blutige Spur. Offensichtlich hatte die bisherige Souveränität
auch die aggressiven Gestalten abgehalten, was
heißen konnte, dass im Kopf noch so manches
funktionierte. An der ersten Kreuzung gingen
sie links die Straße hinunter. *„Dort, rechtsseitig ... das
kaminrote Haus!"*, sagte Bob. Dort angekommen,

klopften sie heftig an die Tür. Erika konnte vom Küchenfenster den Eingangsbereich sehen und wusste sofort, was zu tun war. Sie lief zur Tür und öffnete sie. Quirin lief als letzter rückwärts über die Schwelle, um zu schauen, ob ihnen jemand gefolgt war. Nachdem er die Tür geschlossen hatte, drehte er sich um, sah Erika und verstummte. *„Quirin ...!"*, sagte sie. *„... Keine Zeit für Erklärungen. Zunächst mal gut, dass ihr da seid. Wir sind hier einigermaßen sicher, da „sie" extrem schlecht hören können. Der Impfstoff schlägt auch aufs Gehör! Quirin, was machen deine Kopfschmerzen?"* „Irmgard!?", stammelte er nur. *„Meine Kopfschmerzen sind nicht weg, werden jedoch schwächer."* Bob schaute irritiert: *„Äh, Erika?! Irmgard?!"* Erika reagierte nur mit: *„Erika ... wie immer, einfach nur Erika!"*

6 – Das Wiedersehen

Quirin war sichtlich irritiert, seine alte Kollegin Irmgard zu sehen. Er setzte erneut mit *„Irmg …"* an, als sie ihn etwas harsch unterbrach: *„Quirin!!! Erika, bitte sag Erika."* Sie wollte einfach, dass ihre eigentliche Identität weiterhin verborgen blieb. Sie wusste ja nicht, was Quirin wusste … oder auf welcher Seite er stand?! Die fünf Jahre im Gefängnis gaben Raum für Manipulation und Beeinflussung.

Erika öffnete die Tür zum Keller, nahm die erste Stufe und gab den anderen zu verstehen, dass sie ihr folgen sollten. *„Lasst uns in den Keller gehen, dort sind wir sicher und ich kann einiges erklären."* Alle drei folgten ihr still. Die Treppe stand voller verstaubter Kartons, einige schmutzige Handtücher lagen planlos auf den Stufen und es roch modrig. Wie ein feuchter Keller nun mal riecht. *„Entschuldigt, doch Chaos, Unordnung und Schmutz stößt so manchen Polizisten oder Ermittler ab."* Unten angekommen, sah sich Quirin um und entdeckte unter der Treppe eine kleine dampfende Apparatur. Erika bemerkte seine Neugier und sagte beiläufig: *„Das ist der Verdampfer, der den Geruch erzeugt. Habe verschiedene Geruchsliquids entwickelt. Und was ihr gerade riecht ist „Keller". Gefällt's euch?"*, fragte sie schelmisch grinsend! Angelika wurde etwas blass, rümpfte die Nase und meinte nur: *„Nun, wenn's hilft …!"* Lachend schaute Erika sie an: *„Oh ja … es hilft. Es waren in den letzten fünf Jahren drei Mal Ermittler hier und nur beim ersten Mal wollten sie ins Haus. Danach nie wieder. Sie blieben immer am Gartentor stehen."* Der Keller erschien Quirin größer als der Grundriss des Hauses. Womit er auch richtig lag. Das verrottete Weinregal blieb erstaunlich stabil, als Erika es zur Seite schob. *„Fake!"*, sagte sie lächelnd. Die geöffnete Regal-Tür offenbarte einen dunklen Gang ins Nichts. Zumindest schien es so, bis Erika das Licht ansprach! Sie rief: *„Licht, Code 1307 RTOLS."* und Schwupps ward Licht im Gang. Strahlend weiß. *„In schlechten Romanen würde nur eine Funzel flackern."*, bemerkte Angelika. *„Mir wäre lieber, wir wären Teil eines schlechten Romans. Buch zu, Problem aus dem Blickfeld."*, schob Bob hinterher. Erika schritt voran und nach ein paar Metern öffnete sie eine Tür, die vorher nicht als solche zu erkennen war.

Quirin, Bob und Angelika staunten nicht schlecht über den Raum, der sich ihnen offenbarte. Sauber, steril und eine gigantische Schrankwand mit blickdichten Milchglasscheiben, die nur erahnen ließen, was sich dahinter verbarg. *„Was ist das?"*, wollte Angelika wissen. *„Das ist eine Schrankwand mit Milchglasscheiben."* Erika bemerkte, wie sie Angelika mit ihrer Antwort triggerte, die genervt die Augen verdrehte. *„Medizinische Ampullen mit einer injizierbaren Eisenlösung. Subkutan!"*, erläuterte Erika schließlich. Mit einer hochgezogenen Augenbraue schaute sie zuerst zu Angelika, dann zu Quirin. *„So wie Quirin es mir vor fünf Jahren schrieb. Du siehst Quirin, ich bin vorbereitet, so wie du es mir damals gesagt hattest."* *„Wer?"*, fragte Quirin irritiert. *„Ich?"*

„Ja, du! Nachdem man dich verhaftet hatte, wurde mir der Datenstick zugespielt. Da hatte ich dann verstanden, warum du mich ein paar Tage zuvor aus dem Team geworfen hattest. Und dann aus der Firma! Du wolltest mich schützen!" Quirin schaute irritiert und fragend. Doch Erika fuhr fort: *„Ich weiß, du kannst dich an wenig erinnern. Zumindest, was den Teil zwischen deiner Entdeckung und der Inhaftierung angeht. Wir müssen schauen, dass wir deine Erinnerungen wieder*

zurückholen. Sie wurden gelöscht ... also, eher verschoben! Doch das musst du erklären." „Aber ...", unterbrach er sie „... ich kann mich doch an alles erinnern?! Sogar, dass ich dich aus dem Team geworfen habe?!" „Gut, dann kommen deine Erinnerungen langsam zurück. Du hast selber einen Teil deiner Erinnerungen selektiv gelöscht, Entschuldigung ... nicht gelöscht, verschoben – Du nanntest es immer „Auslagern". Vor einigen Jahren entdecktest du, dass man sich selber umprogrammieren kann." Erika stockte kurz, „... jetzt erkläre ich es ja doch?!" Sie schüttelte grinsend den Kopf und sprach nach einem kurzen Augenblick weiter: „Nun ja, geht ja nicht anders. Wochenlange Meditation, um den vorher gezielt festgelegten Teil der Erinnerung zu löschen oder mit neuen Erinnerungen zu füllen. Was denkst du, warum sie dich entlassen haben? Du warst glaubwürdig ... haben sie dich an einen Lügendetektor angestöpselt?" Quirin überlegt kurz und antwortete: „Äh ... ja ... doch, ja haben sie." „Na siehst du .... puh, dieses endlose Reden macht einen schon etwas mürbe. Kann nicht mal wer anderes was erzählen ... Quirin?"

Erika musste kurz Luft holen und etwas trinken. „Ok ...", sagte Quirin. Wohingegen Angelika und Bob ziemlich fragend dort saßen und Mühe hatten, den Mund zu schließen. Angelika stammelte nur: „Wäre draußen nicht eh schon alles extrem *spooky, wäre das eine coole Geschichte."* Erneut folgte ein „*Ok!"* von Quirin. „*Ich weiß … wir waren oder besser wir sind Biologen und haben zusammen an QWERT12 gearbeitet, richtig?"* „*Richtig"*, erwiderte Erika. „*Jetzt pass auf, du hattest deinen Plan in einer verschlüsselten Textdatei verpackt und auf dem Stick gespeichert. Du glaubst nicht, wie lange ich brauchte, um den Code zu knacken?! Als ich ihn letztendlich doch geknackt hatte, las ich dann, dass du deine Erinnerungen bei Ankündigung der ersten Anhörung zu deiner möglichen Entlassung auslagern wirst. Dass du dich an meine Entlassung erinnern kannst, ist ein gutes Zeichen. Dieses Virus war recht durchschaubar und wir wussten relativ schnell, dass wir es mal beherrschen können. Wir hatten jedoch ein Problem mit der Haltbarkeit des Impfstoffes und probierten es mit stabilisierenden Additiven. Nachdem wir mit dem Impfstoff in die dritte Phase kamen, entdecktest du eine Anomalie im Stabilisator. Du laboriertest damit an Ratten und vertrautest deine Entdeckung einem Mann deines Vertrauens an – Dr. Marburg. Doch er hat dich verraten. Nun, den Rest kennen wir ja."* Erika zog die obere Schublade eines kleinen Stahlschränkchens auf, entnahm ein Röllchen Tabletten und warf es Quirin zu: „*Hier, nimm die! Das fördert die Rückgewinnung deiner Erinnerungen."* Quirin schnappte das Röllchen, kippte es neugierig hin und her und öffnete es, um eine Tablette zu nehmen. „*Waffer … Waffer witte!"*, bekam er mit staubtrockenem Mund gerade so raus. Erika reichte ihm ein Glas Wasser und schüttelte nur grinsend den Kopf. Als es ihm besser ging, fasste er sich wie Colombo an die Stirn und versuchte sich zu erinnern: *„Dr. Christian war unser Chef!? So lange, bis er sich versetzen ließ?"* *„Richtig!"*, bestätigte Erika, während sie den großen Schrank öffnete, in dem sie extrem pedantisch endlos viele kleine Ampullen einsortiert hatte. Man sah, wie Quirins Augen die komplette Wand musterten. *„Eisen …!"*, entfuhr es ihm leise. Plötzlich sah er wieder dieses Glitterzeugs vor seinen Augen, der Kopf tat weh und er sah sich zögernd vor einer Tür stehen.

„Quirin, alles ok?", fragte Erika und schaute dabei abwechselnd in seine Augen. *„Ja ja … mir kommen immer so schwammige Gedanken, die sich anfühlen wie defekte Erinnerungen."*

„Ich denke, die Medikation verliert nun rasch ihre Wirkung und deine Erinnerungen kommen in Schüben wieder. Die Tablette wirkt auch zügig.", erläuterte Erika.

Vor Quirins Augen spielte sich ein erster Teil des Gelöschten ab.

7 – Die Verhaftung

Müde und irgendwie unentschlossen stand Quirin vor Dr. Marburgs Bürotür und einen winzigen Moment, bevor er klopfte – klopfen wollte, hielt er inne und senkt nachdenklich den Kopf. Gedanken schossen durch seinen Kopf, ein Hin und Her, ein Ja und Nein, ein Für und Wider. Kurze Gedankensprünge, die sich gefühlt zu eine Stunde aufsummierten.

Klopfen und der dreimalige Druck auf seine Handknöchel holten ihn aus der Welt seiner Unentschlossenheit ins Hier und Jetzt zurück. Verdammt, dachte Quirin *„Ich habe geklopft!"* Dann vernahm er ein *„Ja bitte, herein!"* und sah ein, dass er aus dieser Nummer nun nicht mehr herauskommen würde. Quirin öffnete die Tür und trat ins Büro von Dr. Marburg ein.

„Dr. de Jeuner … kommen Sie herein, wie kann ich Ihnen helfen?" Während er Quirin ansprach, schaute er großväterlich über den Rahmen seiner Lesebrille hinweg, um sich dann arrogant wie immer in seinen fruchtbar teuren Sessel fallen zu lassen.

„Hallo Dr. Marburg … ich habe da etwas … also …", sagte Quirin und schloss dabei die Tür. Bevor er weitersprach, legte er den Ordner mit einigen Untersuchungsergebnissen auf Dr. Marburgs Schreibtisch. „Also …. ich hatte eine Probe des Stabilisators gefunden und mir sind merkwürdige Dinge aufgefallen." Quirin erwähnte mit Absicht nicht den Fauxpas seiner Kollegin Frau Dr. Martin. Er wusste ja noch nicht, um was es hierbei ging und wer alles in dieser Sache mit drinsteckte. Die Erkenntnisse der letzten Nacht waren zwar erschreckend gewesen, doch er hatte keine Ahnung, ob er einem Irrtum auflag, er ein Problem erkannt hatte oder eine weltweite Verschwörung im Gange war?! Wobei er Letzteres kaum in Betracht zog. Er gehörte ganz sicher keiner Verschwörungsclique an, trotzdem war er aufmerksam und kritisch.

Dr. Marburg saß – immer noch zurückgelehnt – erwartungsvoll in seinem Bürosessel und Quirin merkte, dass sich seine Aufmerksamkeit, wie die eines Kindes vor Weihnachten, plötzlich langsam anhob. „Ja, interessant … und, weiter? Nun, aber das muss doch nichts Besonderes sein, was Sie da entdeckt haben? Das können doch simple Verunreinigungen sein?"

Quirin hatte irgendwie ein Gespür für Menschen, deren Aura durch Lügen vergiftet war und im Raum wurde die Luft etwas schlechter. Nicht, dass er Dr. Marburg einen Lügner nennen würde, doch etwas war anders als sonst. Nichtsdestotrotz sah Quirin in diesem Gespräch mit Dr. Marburg die einzige Möglichkeit. Sollte er an die Presse gehen oder noch besser ins Rathaus? Bei den aktuell grassierenden Verschwörungstheorien wäre er doch nur einer von vielen.

„*Ich denke nicht.*", antwortete Quirin etwas zögernd. „*Wie sollten Verunreinigungen in die Probe kommen? Es sei denn, das Labor in den USA hat schlampig gearbeitet. Bei einem Konzernchef wie Kenneth Smithers kaum vorstellbar.*" „*Er war der einzige Partner, der integer erschien.*", unterbrach ihn Dr. Marburg. „*Aber ok … Quirin, entschuldigen Sie … ich habe Sie unterbrochen. Fahren Sie doch fort … bitte!*"

Quirin spürte immer mehr, dass mit Dr. Marburg etwas anders war. Gut, sie kannten sich nicht privat und daher kannte er seinen Charakter nicht in voller Gänze. Also versuchte er, sich heranzutasten. Er brauchte schließlich noch ein paar Tage im Labor, um das Thema in vollem Umfang zu verstehen. Und Irmgard ... er durfte Irmgard nicht vergessen.

„Im Grunde war alles ok ... die Verunreinigungen – wissen Sie, wie in billigem Wodka – schwebten einfach nur so vor sich hin und setzten sich, den Flocken einer Schneekugel gleich, am Boden ab.", erläuterte Quirin und wartete nach jeder Ausführung auf eine Reaktion von Dr. Marburg. Da musste er auch nicht lange warten, sie kam stante pede. Und wenn es nur ein erstaunter Blick war oder die non-verbale Aufforderung weiter zu berichten. Letztlich zählte aber auch hier „Man kann nicht nicht reagieren. Auch Regungslosigkeit und Schweigen sind Reaktionen".

So erzählte Quirin, was er in der letzten Nacht an Untersuchungen durchgeführt hatte und zu welchen Erkenntnissen er gekommen war. Allerdings berichtete er behutsam und ließ einige wichtige Dinge aus, denn jede Mimik, Geste oder Antwort von Dr. Marburg schien absolut nicht mehr authentisch und je mehr er erzählte, desto nervöser reagierte Dr. Marburg.

„Ich mischte den Stabilisator mit Qwert12 entsprechend unseren Studien und Phase II-Erkenntnissen. Ich stellte nichts Ungewöhnliches fest ... außer, außer dass die Verunreinigungen verschwanden. Und nach ein paar Minuten war der Impfstoff wieder Glasklar." „Nun ...", unterbrach ihn Dr. Marburg, *„Das lässt Raum für die verschiedenartigsten Interpretationen. Was denken Sie, Quirin? Was haben Sie da herausgefunden?"* Dr. Marburg sah auf sein Handy, während Quirin den Gesprächsfaden aufhob und ihn so weiterspann, dass Dr. Marburg aufhorchte.

„Ich hatte noch drei Laborratten und hielt es für eine gute Idee zu schauen, ob es irgendwas Schlechtes mit dem Stabilisator auf sich hat. Also bereitete ich drei Injektionen vor und spritzte sie den Ratten." Dr. Marburg reagierte mit einem simplen *„Ach ... und dann?"* *„Nichts ... es passierte nichts. Zunächst!"* In Quirins Kopf sprangen die Gedanken wild hin und her wie Autoscooter auf dem Rummelplatz. Was konnte er wagen, zu erzählen? Erzählte er, dass er die Software hatte und riskierte damit, mögliche Verbündete kalt zu stellen? Die installierte Software und diverse Bemerkungen Dr. Christians mussten nichts heißen, doch man könnte es auch als Herantasten interpretieren.

„*Ja ... es passierte nichts ... aber das ist doch gut. Es passierte die ganze Zeit nichts?*", warf Dr. Marburg fragend ein. „*Doch, doch ... sie bekamen blasse Augen und eine wurde aggressiv, die beiden anderen kauerten sich in die Ecken, als hätten sie eine Erwartungshaltung ob der Dinge, die kommen. Kommen könnten.*", legte Quirin dar. Dr. Marburg schaute ein wenig ertappt: „*Quirin, haben Sie Eisen verabreicht?*"

Ein Gedankenblitz – sauber und klar abgegrenzt – schoss direkt in Quirins Gedankenwelt und bestätigte seine Befürchtungen. „*Eisenlösung?!*", dachte er. „*Ich hatte Eisen nicht erwähnt!*" Ihm wurde klar, dass er das Gespräch in irgendeiner – für ihn positiven – Weise beenden musste. Mit „*Was sollen wir tun? Ich könnte weitere Untersuchungen anstellen?*", versuchte Quirin seinen Bericht zu beenden. „*Ich denke nicht, dass das nötig ist ... ich werde Dr. Martin beauftragen, der Sache nachzugehen und die Verunreinigungen zu beanstanden. Ich denke nicht, dass es sich hier um etwas Schlimmes handelt. Nehmen Sie sich doch ein paar Tage frei?!*" , sagte Dr. Marburg. Dr. Marburg nahm während er sprach sein Handy und war im Begriff, eine Nummer zu wählen. Er hielt das Handy ans Ohr und lächelte Quirin künstlich an.

„Quirin, ich kläre das und melde mich dann … und nehmen Sie meinen Rat an, nehmen Sie eine Woche frei." Am anderen Ende nahm jemand ab. *„Judith? Ja, Helmut hier …!"* Quirin wusste, dass das seine Chance war, dem Gespräch zu entkommen. Er packte seine Unterlagen zusammen, stand auf, nickte lächelnd in Dr. Marburgs Richtung und verließ mit den Worten *„Urlaub … ich schicke eine Karte!"*, das Büro.

Schwitzend stand er auf dem Flur und sein Gehirn brannte vor Gedanken. Was tun? Schnell hatte Quirin einen Plan und lief zügig ins Labor, zog die wichtigsten Daten auf einen Stick und machte auf dem Weg in sein Büro einen Abstecher zu seiner Mitarbeiterin Irmgard, um ihr mitzuteilen, dass sie entlassen sei. Das hatte er bereits am frühen Morgen mit der Personalabteilung abgestimmt.

Trotz des angeordneten Urlaubs erschien Quirin am nächsten Tag im Büro. Er schaute ungeduldig auf den Monitor und versuchte den Speicher-Status-Balken durch genervtes *„Na looohoos … mach schon."*, anzutreiben, während er im Hintergrund schon die Stimmen hörte, die er erwartet hatte. Er wusste, dass ihm die Zeit davonlief und es nur noch eine Möglichkeit gab: Irmgard!

Er hatte es kommen sehen und einen guten Plan ausgearbeitet. Nun, ob er gut war, würde sich noch herausstellen. Trotz der Entlassung hoffte er, dass sie ihm wieder Vertrauen schenkte und in dieser Sache seine wichtigste Mitstreiterin sein würde. Er steckte den Datenstick in einen Umschlag, leckte angewidert über die Klebefläche, um sich zu erinnern, dass er doch mit Absicht selbstklebende Umschläge besorgt hatte! Er konnte selbst in der jetzigen Situation dem Leben etwas Humor abgewinnen und lachte über seine Unvollkommenheit. Es klopfte an der Tür – was ihn sehr wunderte, da man doch kaum klopfte, um jemanden zu verhaften?! Dann vernahm er Dr. Christians Stimme: *„Quirin, bitte öffnen Sie die Tür."* Danach verging eine gefühlte Stunde, bevor die Tür aufging. Quirin schloss nie ab. Die Tür öffnete sich und zwei Anzugtypen, gefolgt von 2 Polizeibeamten, die Dr. Christian arrogant zur Seite schoben, traten ein. Derweil ließ Quirin den Umschlag heimlich in den Papierkorb fallen und sah in Dr. Christians Augen, dass nicht er es war, der ihn ausliefert. Als ein Empath, der Quirin war, merkte man so etwas.

„Dr. Quirin de Jeuner, wir haben die berechtigte Vermutung, dass Sie für staatszersetzende Aktionen und Propaganda verantwortlich sind. Wir müssen Sie bitten, mitzukommen!", plärrte der vermeintliche Wortführer. *„Sie meinen verhaften!"*, sagte Quirin. *„Nennen Sie es, wie Sie wollen, Sie sind ein zerstörerisches Element für unsere Gesellschaft und das muss geprüft werden – mitkommen!" „Geprüft werden?!"*, wiederholte Quirin spöttisch.

Die Beamten griffen ihn bei den Armen und führten ihn ab. Auf dem Flur drängten sie sich am Reinigungspersonal vorbei, welches stramm in sein Büro ging und sofort begann, selbiges *zu reinigen*.

Quirin ahnte, was passieren würde. Deshalb hatte er die wichtigsten Daten zusammengestellt, auf einen Datenstick gespeichert und noch gestern Abend einen quasi Transportkanal ausgearbeitet, welcher den Stick zu Irmgard brachte. Mit etwas Genugtuung sah er noch, wie der richtige Gebäudereiniger den Müll leerte. Sein letzter Blick schnappte auf, wie der Umschlag in dessen Kitteltasche verschwand.

8 – Die Erinnerung beginnt

Erika nahm eine Injektions-Pistole, lud sie mit einer der kleinen Ampulle und fragte in die Runde: *„Wer mag zuerst?"* Alle drei schauten sich kurz an und zuckten mit den Schultern. Bevor sie sich einigen konnten, setzte Erika die Pistole auf Bobs Oberarm und drückte ab. Bob zuckte kurz zusammen und es kam ein leises *„Autsch ... hey ... nun gut, wenn es denn hilft?! Doch warum jetzt erst? Und was sollte die Sache mit dem Spinat?"* Erika und Bob verstanden sich schon immer gut und sie war einige Male kurz davor gewesen, ihm alles zu erzählen. Doch sie wusste, dass sie alles in Gefahr bringen würde, wenn sie ihn komplett eingeweiht hätte. Sie vertraute ihm, doch was zählt das, wenn er in einer Vernehmung zusammenbrach? *„Spinat war die einzige Möglichkeit, deinen Eisenhaushalt aufzumotzen. Wie hätte ich dir eine Injektion verpassen können, ohne deine Neugier zu wecken?"*

„Ich hatte genug Zeit, um es so zu modifizieren, dass wir es subkutan verabreichen können. Geht schneller und die Verweigerer können so besser überrumpelt werden."

Es machte klack-klack, als Erika die nächste Ladung in die Pistole schob. Angelika krempelte ihren Ärmel hoch und brachte den Oberarm in Stellung. Ein kleines Klick, gefolgt von einem Zischen.

„Erika, ich vertraue dir.", sagte Angelika, während sie sich den Ärmel herunterzog. *„Doch … was war das jetzt gerade?"* Erika setzte an, als Quirin ihr ins Wort fiel: *„Das ist eine hoch konzentrierte Eisenlösung. Der Impfstoff ist sicher. Es beruht auf mRNA-Technik. Die harmlosen Fragmente provozieren eine Immunantwort, welche dann für eine Immunisierung sorgt."* Erika hielt die Injektionspistole winkend in die Höhe. *„Quirin, jetzt du, oder?"* Quirin nickte und meinte: *„Ja, mein Urin verfärbt sich zwar schon vom Eisen der Nahrung etwas ins Rötliche. Reicht aber leider nicht, oder?"* Bob und Angelika verstanden gerade wenig und schauten auch entsprechend. *„Na ja … zu viel gibt es in diesem Fall nicht."*, sagte Erika und lud die Pistole erneut, um sie Quirin zu verpassen. Klick-Zisch. Erledigt! *„Brauner Urin?"*, fragte Bob. *„Rost, das ist Rost. Ich stellte damals fest, dass die Picopartikel eisenaffin sind. Die Partikel verbinden sich mit dem Eisen und wenn es rostet, zerstört die Korrosion auch die Partikel. Dadurch werden sie unwirksam und durch den Urin*

ausgeschieden. Tot, quasi!", erklärte Quirin weiter. Seine Erinnerungen kamen langsam wieder und er konnte sich zumindest an die ersten Momente erinnern, die er verlagert hatte. *"Quirin, schön zu hören, dass deine Theorie richtig war. Lässt das Medikament nach, ergo baut dein Körper es ab, kommt die Erinnerung wieder. Langsam ... doch stetig. Die älteren zuerst."* Angelika unterbrach sie: *"Was? Ihr habt den Scheiß entwickelt? Wollt ihr uns verarschen?!" "Na ja, strenggenommen, sind wir das Forscherteam ... vielmehr, wir waren es. Bis zu meinem Rauswurf."*

Bob wurde etwas ungeduldig und wollte – verständlicherweise – wissen, wie es weiter geht. *"Ja ... alles schön und gut, doch was nun? Also ... ich mein, wie geht es weiter? Wir sitzen hier im Keller und draußen verwandelt sich alles in eine irre Welt."*

Mit einem kraftvollen *"Quirin"*, forderte Erika Quirin auf, sich weiter zu erinnern. Quirin räusperte sich kurz und sagte: *"Die Medikation lässt nur in langsamen Schritten nach. Doch dann stetig ... Bob, wie du angemerkt hast, wir können hier nicht im Keller sitzen und auf bessere Zeiten warten." "Richtig!"*, mischte Erika sich ein, während sie fünf Spezialrucksäcke packte. *"Selbstgenäht! Das unterbindet neugierige Fragen eines Schnei-*

ders.", grinste Erika in die Runde. Die Rücksäcke waren so konzipiert, dass sie viele Eisenfläschchen aufnehmen konnten, zwei Injektionspistolen und seitlich zwei Pistolen aus dem Zoo, die mit Betäubungsmunition geladen waren. Die hatte sie schon vor einiger Zeit Holger, dem Elefantenpfleger des Mellwater-Zoos, abgekauft. Die Rucksäcke bestückend erzählte Erika die weiteren Schritte: *„Wir müssen zur Haftanstalt." „Verdammt, ja ... die Krankenstation!"*, erinnerte sich Quirin. *„Ich weiß noch nicht exakt, warum wir zur Krankenstation müssen. Quirin, du hattest mir ja nicht alles schreiben können." „Wollen! Ich hatte Angst, dass man dich auch verhaftet, doch ich konnte glaubhaft dafür sorgen – entschuldige bitte – dass man dich für zu blöd hält, auch nur im Ansatz den Plan zu verstehen. Blöd ist nur, dass ich das auch alles nicht mehr so genau weiß?!"* Erika griff ihren Rucksack und forderte die anderen auf, gleiches zu tun. *„Quirin, das kommt schon wieder."* Während sie sprach, tippte sie etwas auf ihrem Handy herum und schaute in die Runde: *„Los geht's ... es ist 22:00 Uhr. Wir haben Termine."* Angelika grinste, *„Alter, wie im Film ..."* Das Team lief über einen dunklen Gang zur Garage, die Teil des Kellers war. Erika schien gut vorbereitet zu sein. Ihr Wagen stand dort mit geöffneten Türen, steckendem Schlüssel und beim Einsteigen merkten die drei, dass der Wagen das Gegenteil zum Keller war. Billige Ausstattung und nicht wie von Angelika erhofft voller James Bond Gadgets. *„Wie? Nur ein gewöhnliches Auto … schade!"*, brachte sie enttäuscht heraus. Erika blickte stumm in ihre Richtung und schüttelte leicht grinsend den Kopf. *„Das ist kein Auto – das ist ein Bus, meine Liebe … ein Bus!"*

Sie startete den Bus und fuhr los!

9 – Kuchen und Prosecco

Langweilig. Es ist schlicht langweilig, hier zu sitzen und auf Monitore zu starren. Dazu diese Kälte, die die zweckmäßigen Betonwände ausstrahlten. Eigentlich wunderte er sich nicht wirklich darüber, wie sollten denn Gefängniswände sonst aussehen? Geschmückt mit Südsee-Panoramatapete? Ganz sicher nicht!

Es brummte kurz und Hendrik schaute auf sein Handy – 22:00 Uhr. Mit einem leichten Grinsen, welches sich zügig in Entschlossenheit verwandelte, erhob er sich und lief, begleitet von der Bemerkung *„Muss mal eben zum Auto."*, Richtung Treppenhaus. Die Haftanstalt war recht einfach gehalten. Ein flaches einstöckiges Gebäude mit Tiefgarage, einem kühlen Treppenhaus und einem hochmodernen Fahrstuhl. Womöglich war er der Einzige der Wärter, der mittlerweile wusste, dass es sich hier nicht nur um eine JVA handelte. Er lief zügig die Treppe zur Tiefgarage hinunter – 22:05 Uhr, er musste sich etwas beeilen. Am Auto angekommen, öffnete sich der

Kofferraum kontaktlos und Hendrik musterte den Inhalt. Er griff gezielt den Sekt und die Spritze, um den Sekt zu „veredeln". Der behandelte Sekt kam zum Kuchen in den Bastkorb und dazu die kleine Baumarkttüte mit Kabelbindern! Hendrik neigte etwas den Kopf zur Seite und begann zu grinsen. *„Besser und platzsparender als Seil!"*, flüsterte er leise in die Luft.

Voll bepackt erschien er wieder im Eingangsbereich der Anstalt und sah, dass seine Kollegen schon fragend schauten. *„Was ist los, Hendrik – alles gut?"*, rief ihm sein Kollege Hermann entgegen. Hendrik grinste: *„Ja, Jungs … wie sehe ich denn aus?"* *„Wie jemand, der was zu feiern hat?"* *„Jawohl, ihr Lieben!"*, rief er lautstark in Richtung seiner drei Kollegen. Er hatte nun einige Tage auf diesen Moment gewartet, seit drei Wochen jeden Tag Kuchen und Prosecco im Auto. Nun, so gab es jeden Abend Kuchen. War ok, auch wenn er nicht wusste, wie lange es noch dauern würde. Zum Glück ist Prosecco haltbar! Abgesehen davon trank er vor seinen Kollegen eh nur einfachen Traubensaft. Wer hätte gedacht, dass es ihm mal helfen würde, aufs Saufen zu verzichten? Nicht, dass er ein Problem mit Alkohol hätte, doch es fehlte ihm schon etwas. Aber er wollte nun mal komplett authentisch wirken und da hätte eine Alkoholfahne vom Tag vorher sicher nicht geholfen.

22:15 Uhr, Hendrik öffnete mit einem lauten Plopp den Prosi und sagte lächelnd: *„Ihr Lieben, es ist nicht zu fassen, doch ich werde Vater!"* Seine drei Kollegen begannen zu lächeln und sprangen auf, um ihm zu gratulieren. Es war Punkt 22:20 Uhr und Hendrik beeilte sich etwas, den Prosecco einzuschenken und verteilte die drei Gläser. Er selbst trank Traubensaft – so gerne er den Prosecco hätte trinken wollen, doch er musste den trockenen Alki spielen. Auch wenn er keine Lust dazu hatte, erzählte er nun hanebüchene Geschichten zu seiner – vermeintlicher Weise – kommenden Vaterschaft, um die Lockerheit zu wahren. *„Ihr könnt euch nicht vorstellen … aber …",* plapperte Hendrik los. Gegen 22:40 Uhr war ein Teil des Kuchens verputzt. Hendrik erzählte immer noch pausenlos Geschichten, die er sich in den letzten Monaten hatte einfallen lassen. Er redete, bis er bemerkte, dass der veredelte Prosi wirkte und die drei Kollegen müde in ihre Stühle sanken. Jetzt musste alles schnell gehen. Auch wenn er nun den Diensthabenden – Horst Schreiner – durch einen kurzen Anruf zu sich bat, so wusste er doch nicht genau, wer noch alles auf die Überwachungsmonitore schaute. Horst war einer von drei Schichtleitern. Er hielt sich immer für den Leiter der Anstalt, doch sowohl er als auch alle anderen wussten, dass er im Grunde nicht mehr war als eine Art Schichtleiter der Abteilung „Sicherheit". Horst war ca. 1,75 m groß und hatte den größten Teil seines Gewichts im Bauchbereich zwischengespeichert. Zumindest nannte er es so. *„Das ist der Speicher für schlechte Zeiten!"*, war sein Dauerbrenner, wenn es um Gesundheit ging. Noch dazu lief er durch die Gegend wie ein Königstiger, warf seine Schlüssel schon aus drei Metern Entfernung auf den Tisch des Pausenraumes und fand sich dabei unwiderstehlich. Die wenigste mochten ihn, allen voran Hendrik. *„Was ein Horst!"*, pflegte er regelmäßig zu flüstern.

Nach zwei Freizeichen nahm er ab *„Horst hier!"* *„Und hier Hendrik, hier!"* Hendrik mochte es, ihm das Gefühl zu geben, er sei der Schlaueste von allen. *„Ah … was kann ich für dich tun?"* *„Würdest du bitte kurz kommen? Hier stimmt etwas nicht."* Hendrik hatte das Gefühl, dass es keine zwei Sekunden dauerte, bis das Pling-Pling des ankommenden Fahrstuhls den Eingangsbereich durchdrang. Das war natürlich nur gefühlt, denn er hatte sich zwischen Anruf und Pling-Pling mit Chloroform und Kabelbindern ausgerüstet und wartete neben der Fahrstuhltür.

Die Tür war noch nicht komplett geöffnet, als Horst diese mit beiden Händen aufschob und zügig herausstampfte. Bevor Hendrik reagieren konnte wie geplant, drehte Horst sich nach rechts und sah dort einen irritierten Hendrik. *„Hendrik … was soll …?"* Hendrik war sichtlich überrascht, dass es so kam. Er hatte es sich etwas lässiger vorgestellt. Auch wenn er sich teils dem Ernst der Lage bewusst war, so fand er Gefallen daran, so agentenmäßig unterwegs zu sein. Er schaute in Horsts Gesicht, auf seine Hand mit dem in Chloroform getränkten Taschentuch und wieder zu Horst. Abrupt stürzte er sich wie bei einer Grundschulprügelei auf den Schichtleiter, warf ihn um und drückte ihm das Tuch auf die Nase. So lange, bis das *„mmmppf … mmppff …"* langsam nachließ und schließlich ganz verstummte. Hendrik stand gelassen auf, nahm die Kabelbinder und dachte nur: *„Ach … irgendwie war es doch ganz lässig!"* Es machte zweimal „RRR-Ratsch" und Horst war fixiert. Glücklich über seine doch aufkommende Lässigkeit, durchsuchte er Horsts Taschen und fand die Zugangskarte A. *„Ich habe nur C … Frechheit!"*

Er schaute wieder auf seine Armbanduhr. Er erschrak etwas, als er sah, dass es schon 22:55 Uhr war und rannte in den Datenraum mit der Videoüberwachung. Obwohl die Anstalt so geplant und gebaut worden war, dass man einen Rundumblick hatte, gab es doch einen toten Winkel, welcher allerdings mit Hilfe eines Videosystems überwacht wurde. Hendrik schob einen Speicherstick mit Bildern des blinden Flecks in den USB-Slot und spielte sie ins System ein. Sein ausgeprägtes Interesse für Computer-technologie und gute kollegiale Kontakte zum IT-Team der Anstalt erlaubten ihm den sicheren und schnellen Umgang mit der Überwachungs-anlage.

Exakt nach Plan hatte Hendrik die Bilder auf-gespielt. 23:00 Uhr.

Zügig lief er zum Haupttor und öffnete exakt um 23:15 Uhr die Tür, die sich im Tor befand und separat geöffnet werden konnte. Sie war schwer und quietschte etwas beim Öffnen. *„Öl!"*, sagte Hendrik und verdrehte die Augen. *„Öl!"*, schien die Tür zu antworten.

10 – Die Abfahrt

„Sobald die Aktivierung eintritt, gibt's kein Zurück mehr. Zumindest kein folgenfreies … also, vielmehr … nun, um ehrlich zu sein, ich weiß es nicht!", erklärte Erika, als sie das Garagentor öffnete und die Rampe hochfuhr. Oben bog sie mit quietschenden Reifen links auf die Hauptstraße. *„Aber warum jetzt erst? Warum hast du nicht zumindest schon mal jedem Bewohner von Mellwater eine Injektion verpasst?"*, wollte Angelika wissen. *„Wenn du doch weißt, was hilft …?"* *„Da triffst du meinen wunden Punkt. Niemand sollte wissen, dass ich weiß, was ich … was wir vorhaben. Stell dir vor, ich hätte dich mit einer Injektion überrascht … das ist ein Eingriff in deine Persönlichkeitsrechte."* *„So what, Hauptsache es hilft?!"* *„Das sagst du jetzt … wie hättest du reagiert, wenn ich dir das alles erzählt hätte?! So bitter es ist und so viele wir daher nicht retten konnten – können, es gab bislang keinen anderen Weg!"* Erika schaute sich kurz um und Angelika fielen die feuchten Augen auf. *„Und Bob, um dich zu schützen, habe ich dir die Sache mit dem Spinat aufgezwungen."* *„Achtung!"*, schrie Quirin. *"…schau nach vorne!"* Erika drehte sich um, erschrak kurz und schaffte es, den beiden verkeilten Autos auszuweichen, die mitten auf der

Straße standen. *„Ups … Danke!"*, entfuhr es ihr.
„Aber … Quirin, du bist dran … los, erzähl weiter.", forderte sie ihren ehemaligen Chef heraus. *„Bin dabei! Die eine Medikation lässt nach, auch weil die andere wirkt … es gab nur noch keine Gelegenheit zu erzählen … bislang!"* entgegnete Quirin.

„Ich saß mit Frau Dr. Judith Martin an meinem Schreibtisch und wir besprachen die geplanten Additive, die der Messenger-RNA zugefügt werden sollten. Dadurch sollte der Impfstoff stabilisiert werden. Die Lagertemperatur von -70°C stand einer schnellen Lösung nun mal im Wege. Frau Dr. Martin hielt eine Probe des Zeugs in der Hand und spielte damit, so wie ich mit Feuerzeugen hantiere. Wie oft ich – als Nichtraucher – nach einem Biergartenabend verkatert mit drei Feuerzeugen in der Tasche aufgewacht bin …!"

Sie verließen den Ort Mellwater und fuhren am Kreisverkehr rechts auf die B471, die furchtbar lang war, doch direkt zur JVA führte. Durch die schlechter werdende Straße anständig durchgeruckelt, fuhr Quirin fort: *„Sie versicherte mir wieder einmal, dass der Lieferant integer sei und dass sie selber alles überprüft hätte. Schließlich seien die Testphasen auch problemlos verlaufen. Das übliche halt: Kopfweh, Gliederschmerzen und etwas Sehstörungen. Nun, um es kurz zu machen … wir* *unterhielten uns und ich vertraute ihr. Warum auch nicht? Wir arbeiteten schon lange zusammen. Was mich jedoch etwas irritierte, war die Sache mit den Sehstörungen. Als wir fertig waren, stand sie auf und wünschte mir einen guten Feierabend. Dass ich noch die ganze Nacht eben diesen nicht machen konnte, auch nicht wollte, war mir da absolut noch nicht klar. Wie auch?!"*

Erika schaute auf ihre Uhr. 22:15 Uhr, *„Quirin … beeil dich! Wer weiß, ob wir in 60 Minuten noch leben und ich muss unbedingt den Teil hören, den du mir bislang verschwiegen hast."*

Quirin wurde ruhiger und schaute aus dem Fenster. Ein tiefer Seufzer und mit einer tiefen, ruhigen Stimme begann er zu erzählen …

Er saß nach dem Ende des Gespräches noch einige Zeit alleine in seinem Büro am PC und führte einen erforderlichen Neustart seines Computers durch. Natürlich waren alle seine Verknüpfungen weg, die er sich auf den Bildschirm kopiert hatte. *„Drecksmist … warum werden die Systeme hier immer spontan angepasst?"*

Nachdem das System gestartet war, fiel ihm recht schnell auf, dass ihm nichts auffiel. Es war offensichtlich nur ein Update auf OneView 20.1.

Verhält sich in etwa wie das Facelift eines Serienautos. Ein paar Kleinigkeiten anpassen, ein paar dumme Fehler beseitigen und schon wird es als neues Modell angepriesen. Letztlich waren das selten Innovationen, man korrigierte nur das, was vorher verbockt wurde.

Nach näherer Betrachtung fiel ihm doch ein kleines, jedoch entscheidendes Detail auf. Seine Sicherheitsstufe stand auf A anstatt wie bisher auf B. Das war seltsam, weil A tatsächlich nur für die oberste Führungsriege vorgesehen war. Dr. Christian war einer davon. Ob das was mit seiner Bemerkung von letzter Woche zu tun hatte? *„Sie sind hier der vielleicht wichtigste Wissenschaftler und ich denke, Sie sollten eigentlich Zugang A haben.".* „Ich mag Leistungsträger sein, aber der Wichtigste sicher nicht!", hatte Quirin erwidert. Dr. Christian verließ die Situation mit einem kurzen Lächeln und einem besonders betonten Satz *„Och, wir werden sehen. Bleiben Sie eisern!"*

Das sagte er ohne Anlass am Kaffeeautomat stehend. Nach und nach kamen ihm Momente mit Dr. Christian in Erinnerung, die ihn stutzig gemacht hatten! Bis jetzt! Eben diese Gespräche und Aussagen machten Quirin jetzt furchtbar neugierig und er durchsuchte nun seinen neu organisierten Computer nach möglichen Hinweisen. Im Ordner für Software-Installationen wurde er fündig. Zumindest schien es ihm so. Er fand eine Software, die er weder installieren hat lassen, geschweige denn kannte. „Rat-Run" war neu. Das Icon für die Startdatei war eine illustrierte Ratte und es erschien wie ein Spiel. *„Ich mochte Moorhuhn schon nicht!"*, scherzte er. Für gewöhnlich legte Quirin sofort Verknüpfungen auf dem Desktop an, doch diesmal erschien es ihm zu gefährlich – er neigte zu fantasiereichen Gedanken und lebte im Kopf oft spannende Krimis aus. Er wollte sie schon oft aufschreiben, doch nun hatte er das Gefühl, er sei in der Realität Teil einer fantastisch gruselige Geschichte. Ja, das war er!

11 – Die Probe

„Ich saß nachdenklich in meinem Büro und ließ die Probe wie ein Feuerzeug in meiner rechten Hand rotieren. Es soll Menschen geben, die machen das, um sich zu beruhigen. Mir hilft es beim Nachdenken."

Während Quirin das Reagenzröhrchen hin und her bewegte, schaute er wie ein interessierter Hund mit schrägem Kopf auf die Probe. Als er etwas kräftiger schüttelte, sah er, dass die milchige Flüssigkeit zu glitzern begann. Ein wenig wie schimmernder Nebel aus der glamourösen Welt der Einhörner. Das mussten die Stabilisatoren sein, die der Flüssigkeit den Glitter-Effekt verliehen?! Doch wenn es doch stabilisieren sollte, wieso reagierte es auf Zufuhr von Energie? Was Schütteln zweifellos war! Wenig, aber offensichtlich ausreichend, um Effekte zu erzielen. Immer tiefer in seinen wissenschaftlichen Gedanken versinkend, entfernte er sich – gefühlt – aus dem Hier und Jetzt und glitt in eine Konzentrationsphase, die der Meditation glich. Das sind Phasen, in denen ihm schon viele große

Ideen und Lösungen kamen. So wie die Idee mit der Löschung seiner eigenen Gedanken durch Medikation und Meditation. Vielmehr Auslagern, man löscht nicht, man lagert aus. Das Ziel sollte sein, Wissen und Gedanken in Areale des Gehirns zu parken, die sonst kaum oder nicht genutzt werden.

„*Hat das jeder?!*", unterbrach ihn Angelika. „*Hat jeder Bereiche, die er nicht nutzt?*" „*Ja!*", antwortete Quirin. „*Ungefähr 20 % spielen beim Ziel der Evolution keine Rolle bzw. sind nicht notwendig.*" „*Äh … was soll das heißen?*", bohrte Angelika nach. „*Die Evolution hat nur das eine Ziel: Erhaltung der Art, ergo überleben. Und das ist durch die aktiven Gehirnareale gegeben.*" „*Ergo?*" fragte Bob. „*Ist Latein und bedeutet so viel wie „also"!*", erklärte Angelika. „*Habe das große Latinum!*", ergänzte sie. Erika musste lachen und konnte sich „*Q. E. D.*" nicht verkneifen.

„*Allein die Tatsache, dass eine Flüssigkeit – die stabilisierend wirken soll – durch geringe Fremdeinwirkung reagierte, machte mich skeptisch.*"

Nachdem die anfängliche Begeisterung einer Skepsis gewichen war, schaute er sich um und steckte die Probe diskret in seine Tasche. Dass er dabei ein Liedchen pfiff und auffällig unauffällig agierte, war zweifellos seiner Liebe zu albernen Krimis geschuldet. Er nahm die Sache auch noch nicht so ernst. Ein paar Glitzerteilchen? So what?

Aber es machte eines ganz sicher: Neugier wecken! Seine Neugier war der Antrieb, der ihn in seinem Leben immer und immer wieder voranbrachte.

Die Gerüchte mit den Mikrochips hatte er natürlich immer belächelt. Doch nun schwante ihm, dass Verschwörungstheorien auch gezielt gestreut werden, um etwas durch Lächerlichkeit zu vertuschen?! Was jetzt gerade nicht bedeutete, dass er an eine Verschwörung glaubte. Wobei es dazu nicht eines akademischen Grades bedarf, um zu verstehen, wie hanebüchen diese alberne Theorie mit den Chips ist. Der Theorie zufolge erfolgt das Chippen durch die Impfung. Schauen wir uns den lichten Durchmesser einer Injektionskanüle an und überlegen im nächsten Schritt weiter, wie groß denn Schaltkreise maximal sein müssen, um gleichermaßen zu senden und zu empfangen?! Nein, nein dachte Quirin … es muss was anderes sein!

„Es überkam mich ein seltsames, spannendes Gefühl.", fuhr Quirin fort, während Erika weiter die B471 fuhr. *„Wir müssen später im Wald parken und dann zu Fuß weiter. Sowohl Scheinwerfer als auch Motorgeräusch würde uns verraten."*

Quirin ließ sich ungern unterbrechen und bei so manch anderer wäre er nun beleidigt gewesen. Doch bei Erika war das etwas anderes. So erzählte er einfach weiter, als wäre er nicht unterbrochen worden.

„Ich wollte und musste einfach herausfinden, was das alles sollte. Wie weit der perfide Plan bereits gediehen war und wie verwoben die Strukturen oder besser ausgedrückt „Das System" bereits war. Sofern es einen Plan gab! Oder ein „System". Aber das galt es nun herauszufinden! Ich ließ ja auch den Gedanke zu, dass ich mich täusche.

Ich wartete, bis der letzte Kollege das Institut verlassen hatte und wollte mit der Probe ins Labor, als Frau Dr. Martin suchend in mein Büro kam. Sie wollte wissen, ob ich ihre kleine Probe gesehen hätte?! Etwas unsicher erklärte sie, dass es sich um ein Kosmetikprodukt handele. Dass sie bereits am Vormittag von Additiven gesprochen hatte, war offensichtlich nicht mehr Teil ihres Lügengebäudes. Egal um welches Gebäude es geht, man sollte sich immer der Zerbrechlichkeit bewusst sein. Und wer immer die Wahrheit sagt, muss sich weniger merken."

„Selbstverständlich wusste ich nichts und hoffte, dass sie sich schnell abwimmeln ließ. „Schau doch mal im Kühlschrank ... da lag schon mal mein Autoschlüssel. Und zuhause hab ich schon mal die Fernbedienung im Süßigkeiten-Schrank gefunden." Frau Dr. Martin schaute fragend, schüttelte den Kopf und mit den Worten: „Ja ... so was passiert auch nur dir ..." verließ sie mein Büro."

12 – Im Labor

„Als ich sicher war, dass sie das Institut verlassen hatte, begab ich mich ins Labor und machte das, was wir immer machten, wenn wir neue Stoffe testen wollten. Ich holte einen Käfig mit drei Ratten und bereitete Injektionen vor." „Boah was?", unterbrach Angelika ihn. *„Du hast den Ratten das Zeugs gespritzt? Das was uns alle krank und irre machen wird?!"* Quirin drehte sich zu Angelika um und versuchte ihr in ruhigem, sachlichem Ton dieses – zugegebenermaßen – sensible Thema zu erklären. *„Ja … ich habe es den Ratten gespritzt, um das herauszufinden, was wir nun wissen … wissen könnten – du weißt, meine Erinnerung ist noch nicht komplett wieder da. Auf jeden Fall bin ich auch kein Freund von Tierversuchen, doch was denkst du, wie deine Kosmetikartikel auf Verträglichkeit getestet werden? Oder eben Medikamente? Startet Phase I eines Medikamententests, sind schon einige Tiere übern Jordan."* Angelika wirkte sichtlich irritiert … oder besser ertappt. Schließlich wusste sie auch, dass ihre Art zu leben und ihre Moral und Ethik nicht immer konform gingen. Doch wer kann das von sich behaupten? Quirin räusperte sich kurz und erzählte weiter:

„So … also, ich habe meinen Laptop hochgefahren und Rat-Run gestartet. Vor mir baute sich ein Bildschirm mit verschiedenen Feldern auf, die grafisch jeweils einem Smartphone ähnelten. Offenbar war das Absicht und es sollte ein Smartphone darstellen. Unter jedem dargestellten Smartphone fanden sich drei Buttons. „Aktivieren“, „Terminieren“, „Steuern“.“

„Ich hatte bereits drei Injektionen mit Qwert12 und dem Stabilisator vorbereitet und der ersten Ratte injiziert. Bis auf etwas Unruhe und Lecken der Einstichstelle gab es keine Reaktionen. Im Grunde wie es zu erwarten war, da ich die Versuche ja bereits unzählige Male mit dem Impfstoff durchgeführt hatte. Auch in den 3 Phasen der Tests an freiwilligen Menschen. Alles im Rahmen der erwarteten Impfreaktionen. Zumindest aktuell. Ich hoffte, dass ich die Zeit haben würde, die kritischen Tage abzuwarten. Das Verschwinden der Probe wird – wenn es etwas hoch Brisantes ist und unter Verschluss gehalten werden soll – einige Untersuchungen nach sich ziehen. Und Frau Dr. Martin wird sicher nicht auslassen, dass sie die Probe bei mir zuletzt in der Hand hatte?!

Impfkomplikationen sind eine Frage von Tagen und Wochen, nicht von Monaten oder Jahren. So saß ich da und nichts tat sich – zunächst. Was mich aus genannten Gründen nicht irritierte. Als dann mein Mobiltelefon klingelte, war ich froh, dass sich zumindest die Wartezeit etwas weniger langweilig gestaltete. Unterdrückte Nummer, das konnte nur Mama sein. Tolle Frau, tolle Mutter, doch trotzdem schaute ich aufs Telefon und überleg-

te, ob ich drangehen sollte und jetzt die Ruhe hätte, drei Stunden zu telefonieren?

Doch was nun passierte, ließ alle Überlegungen über die Sinnhaftigkeit eines Telefonates mit Mutter stocken. Auf meinem Monitor blinkte in Rat-Run der Hinweis, dass ich drei Bluetooth-Verbindungen bestätigen solle. Nun, ich ja saß dort, um Experimente zu machen und drückte daher auf Bestätigung. Es passierte nahezu nichts, abgesehen von drei Nummern – eine Art Registrierungsnummern – die unter dreien der Smartphones blinkten. Mir wurde klar, dass es ein Simulationsprogramm für eine Steuerung per G7 war. Und natürlich drückte ich aktivieren. Es war klar, dass es das Ende der Ratten sein konnte! Doch ich spürte, wenn ich es nicht aktivierte, um herauszufinden, was hier los ist, könnte das alles der Anfang vom Ende sein!

Die Tiere wurden etwas unruhiger und ihre Augen wurden langsam blasser. Sie verloren an Glanz und aus dem Augenwinkel sah ich bewegte Bilder auf dem Monitor. Ich drehte mich zu besagtem Monitor und sah in jedem der drei aktiven Smartphones bewegte Bilder. Wie damals in den 70ern der Fernsehempfang mit Zimmerantenne. Und der Jüngste musste die Antenne halten, damit die Hitparade nicht total verschneit war. Nachdem ich eine menschliche Silhouette sah, die sich bewegte, wie ich es gerade tat, wurde mir bewusst, dass die kleinen Smartphones den Blick der Ratten zeigten. Natürlich auch nur in der Qualität, die Rattenaugen nun mal hergeben. Wie und warum das so war und welches technische Prinzip dahinter stand, war mir damals wie heute ein Rätsel.

Bis zu diesem Zeitpunkt war zwar alles irgendwie spooky, ganz besonders der Gedanke, dass man (wer „man" auch immer sein mag) offensichtlich versuchte, sich in das Sehzentrum der geimpften Menschen einzuhacken. Das ist kein schöner Gedanke, doch dann rief Mutter noch einmal an und es ging rund. Nicht Mama drehte durch … nein, die Sendefrequenzen meines Mobiltelefons schienen einen Einfluss auf das Verhalten der Tiere zu haben. Eine – ich nenne sie mal Ratte 1 – krampfte sich ein paar Sekunden zusammen wie ein ängstlicher Igel, um dann in einem extremen Ausbruch von Gewalt durch den Käfig zu springen. Ratte 1 drehte regelrecht durch und zielte mit aggressiven Luftbissen in Richtung der beiden anderen Käfige. In diesen tat sich wenig, vielmehr konnte ich genau das Gegenteil beobachten. Ratte 2 und 3 blieben ruhig und verkrochen sich nach ein paar Minuten in eine Ecke des Käfigs, als hätten sie Angst vor einer Gefahr, die niemand sieht. Verrückterweise ließ sie der Wutausbruch von Ratte 1 unberührt. Sollte das nun bedeuten, dass der Stabilisator nach der Aktivierung unterschiedlich wirkt? Nun gut, macht Alkohol schließlich auch?! Doch warum drehte Ratte 1 durch als Mutter anrief – man hätte es verstanden, wenn die Schwiegermutter angerufen hätte – so ich denn eine gehabt hätte.

Also saß ich dort und grübelte, ließ ich mir alle Gespräche und Erfahrungen der letzten Wochen durch den Kopf gehen. Als

Mama das erste Mal anklingelte, tat sich nichts. Beim zweiten Mal hatte ich die Ratten bereits aktiviert?!"

„Das klingt fruchtbar – aktiviert!", unterbrach ihn Angelika. Der Wagen ruckelte etwas, als Erika wie angekündigt in die Waldstraße abbog und unterbrach Quirins Laberflash. Das mag komisch klingen, doch er wusste nicht, wann er das letzte Mal so viel erzählt hatte.

„Und was war jetzt das mit dem Handy?", fragte Angelika neugierig. *„Ich weiß es nicht so genau. Ich schätze, das ist eine Fehlfunktion?! Ratte 2 und 3 blieben davon ja unbehelligt. Die Kontrolle über die Geimpften war ja vorher schon gegeben."*, versuchte Quirin – selbst jetzt noch ahnungslos – zu erklären. *„Und die Sache mit dem Eisen?"*, bohrte Angelika nach. *„Also, wie bist du darauf gekommen?"* Erika parkte den Bus und forderte Quirin auf, sich kurz zu fassen.

„Okay, Okay … bin eh gleich durch … also, als ich dann die letzten Tage/Wochen rekapitulierte, erinnerte ich mich der Worte von Dr. Christian. „Bleiben Sie eisern!" hatte er gesagt. Und dazu lag die Betonung auf Eisen und ich hatte in einem Papier des Herstellers – ein gewöhnliches Datenblatt – den Hinweis gefunden, dass es empfohlen wird, vor jeder Impfung einen Bluttest durchzuführen, da der Eisenhaushalt Einfluss auf die

Wirksamkeit hätte. Ich hatte es damals gelesen und nicht weiter beachtet. Mei ... was sollte das schon bedeuten. Es gibt zu jeder Impfung Dinge, die beachtet werden müssen. Ergo, non forsit!"

"Quirin ... Cui bono?!", rief Erika ihm zu. Worauf Quirin wiederum schulterzuckend mit *"Quid est?"* reagierte, doch verstand, was sie damit sagen wollte und fortfuhr.

"Ich wusste auch, dass wir für eventuelle Experimente Eisen in unterschiedlichsten Verabreichungsformen vorbereitet hatten. Jedoch stoppte Dr. Marburg diese Untersuchungen, da er sie für nicht zielführend hielt. Sämtliche Bedenken und Argumente für die Fortführung derartiger Untersuchungen wischte er mit einer Handbewegung weg. Als hätte er einen unsichtbaren Lappen in der Hand und wolle das Thema einfach wegwischen wie die Pfütze einer verschütteten Milch. Natürlich hielt ich mich an diese Anweisung! Bis zu dieser Nacht. Ich suchte die kleinen Probeampullen, die ich entgegen seiner Anweisung nicht entsorgt hatte und injizierte das Zeug den Ratten. Zugegebenermaßen war es bei Ratte 1 eine Herausforderung. Doch da sie auch nach wie vor Bedürfnisse stillen musste – was ein sehr interessanter Punkt war und ist – konnte ich sie mit etwas Futter kurz so still bekommen, dass sich die Spritze setzen ließ. Was nun kam war gleichermaßen erstaunlich, wie auch hoffnungsvoll. Ratte 2 und 3 zeigten kaum Reaktionen und Ratte 1 wurde ruhiger. Dazu fiel mir auf, dass die Qualität der übertragenen Bilder nach ungefähr 15

Minuten nachließ, bis sie nach etwas mehr als einer Stunde kom-
plett verschwanden." Erika unterbrach ihn und ergänzte, dass sie die Forschung quasi weiterge-
führt hatte: *„All das hatte Quirin mir mitgeteilt, was mich*
dann dazu veranlasste, weitere Untersuchungen anzustellen, um
festzustellen, ob es für Menschen eine Möglichkeit der Heilung
darstellte." Erika schaltete die Scheinwerfer aus –
dank des Halbmondes war es weder zu dunkel,
um Hindernisse zu übersehen, noch zu hell, um
entdeckt zu werden – verließ die Waldstraße
und fuhr über Forstwege in das Waldstück hinein, um dort zu parken, wo sie es Monate zuvor
bereits eruiert hatte. Das Licht des Halbmondes
drang durch die Baumkronen und versetzte den
Wald in eine märchengleiche Stimmung, die unter den vieren zu einer ehrerbietigen Stille führte, da sie dazu nur noch von den sanften Klän-
gen des Waldes umhüllt waren. Die Natur zeigte
sich ihnen in einer Schönheit, die Sonnenlicht
nicht missen ließ. Die vier schauten einander an
und in diesem Moment wurde allen bewusst,
welche Schönheit sie umgab und wofür es sich
jederzeit zu kämpfen und überleben lohnte. Eri-

ka unterbrach die angenehme menschliche Stille mit leisem Flüsterton.

„So schön es hier auch sein mag, wir müssen los. Schnappt euch einen Rucksack und sobald ich es sage, folgt mir.", Erika schaute auf ihre Uhr 22:55 ... 23:00 Uhr! *„Los, auf geht's. Bleibt dicht hinter mir!"* So liefen sie – im vom Geäst der Bäume zerschnittenen Schein des Halbmondes – noch einige hundert Meter durch den Wald, bis sich das Mondlicht mit jedem Schritt scheinbar zusammenfügte und sie das Ende des Waldes erreicht hatten. Dieser ging recht abrupt in einen großen Acker über, nur durchschnitten von einem zugewachsenen Wall. *„Da drüben ..."*, flüsterte Erika, *„... das ist ein alter Römerwall. Durfte damals nicht entfernt werden. Historiker hatten sich bei der Planung damals durchgesetzte und verfügt, dass der Wall erhalten bleibt. Und das ist heute unsere Chance. Wie so einiges, was uns günstig zuspielt."* Erika hielt sich zunächst bedeckt, was die anderen Dinge anging. Trotz der fragenden Gesichter ihrer Mitstreiter. Stattdessen konzentrierte sie sich auf den Moment und sprach nur noch über die akuten Dinge: *„Der Wall ist nur durch Videoüberwachung einsehbar. Ich hörte, dass die Architekten es damals versaut*

hatten und daher anschließend die Kosten der Überwachungsanla-
ge tragen mussten. Na ja, haben trotzdem genug verdient."

Sie schaute auf ihre Uhr *„23:01, weiter geht's. Bleibt*
dicht hinter mir. Und bleibt geduckt, bis wir die Anstaltsmauer
erreichen." „Wie?", hinterfragte Bob. *„... den ganzen*
Weg?" Erika spitzte die Lippen, drückte ihren
Zeigefinger auf selbige und flüsterte, *„Genau ...*
sind ca. 700 Meter, Bob, schaffst du es nicht, sind wir im
Arsch!" Das sagte sie auch nur, da sie wusste,
dass es in Bob Kräfte und Entschlossenheit wecken würde. Später als Feigling oder Versager
dazustehen, mochte er ja überhaupt nicht. So
lässig er auch sein konnte. So liefen alle – geduckt – hinter Erika her, so wie kleine Entchen
ihrer Mama folgen.

Als sie die Anstalt erreichten, streckten sich
alle drei mit dem Rücken an die Mauer lehnend
kräftig durch, dass man meinen könnte, sie seien
gerade aufgewacht. Dicht an die Mauer ge-
drückt, folgten sie Erika bis zum Anstaltstor.

13 – Der Einlass

23:15 Uhr! Sie standen vor dem Haupttor und Bob fragte flüsternd mit einer Mischung von Sarkasmus und Neugier: *„Na ... na und jetzt? Soll ich die Tür auftreten?"* Ein kleines kurzes Quietschen ertönte und die Tür öffnete sich. *„Öl!"* entwich es Erika. Sie griff an die Tür und zog sie auf. Sie mochte es gar nicht, wenn sie lange warten musste, um zu schauen, ob ein Plan funktionierte. Nicht lange, das hieß bei Erika ca. zwei Sekunden. Es fiel ihr selbst gelegentlich auf und dann musste sie immer an die Worte ihres Vaters denken, *„Wie ist Papas Lieblingswort?" „Bitte?" „Nein, Geduld!"*

Hendrik und Quirin sahen sich an und mussten beide grinsen. Hendrik hatte ihn am Tag der Entlassung zum Tor gebracht. Keiner von beiden hatte gewusst, dass sie auf derselben Seite standen.

Erika hatte Hendrik quasi rekrutiert. Auf der Suche nach einem Mitstreiter durchkämmte sie die Kneipen und Bars und versuchte zunächst die allgemeine Stimmung zu erfassen, um dann einen geeigneten „Kandidaten" anzusprechen. Nach drei Wochen saß er dann dort, in der Iso-Bar: Hendrik! Sie sah ihn zum ersten Mal und recht schnell kam ihr der Gedanke, dass er quasi Einzelgänger ist. Nicht jemand, der keine Freunde oder Sozialkontakte hätte, nein, eher jemand freundliches, der nicht zwingend Kontakt sucht. Ihn aber auch nicht ablehnt. Erika setzte sich zu ihm, nachdem sie freundlich gefragt hatte. Beim Kellner bestellte sie einen Wodka-Lemon und lächelte Hendrik an: „Ihr Getränk ist leer. Möchten Sie auch noch einen?" Sie hatte zwar nichts gegen Wodka Lemon, doch ein Pils wäre ihr lieber gewesen. Aber um die Welt zu retten, bestellte sie das, was er trank. Getrunken hatte – war ja leer! Wobei immer noch die Möglichkeit bestand, dass er kein Anstaltsmitarbeiter war. Während der Kellner die Bestellung klarmachte, stellten sich beide vor. „Übrigens, ich bin Erika – selbstständig." Hendrik wollte gerade reagieren und sich ebenfalls vorstellen, als der Kellner die Getränke brachte.

„Zweimal Wodka-Lemon?"

„Ja, jeweils bitte!", sagte Hendrik und setzte seinen Versuch sich vorzustellen fort. *„Ich bin Hendrik und arbeite – wie alle hier – in der JVA."*. *„Kalöng, Bamba ..."*, dachte Erika und bestellte noch eine Runde Wodka. So lief der Abend dahin und beide hatten einen Riesenspaß. Derart, dass Erika ihren Plan vergaß. Sie genoss einfach den Abend. Sie trafen sich danach nahezu täglich. Es entstand eine vertraute Atmosphäre, was Erika dazu brachte, sich langsam über das Thema Politik an ihre Situation heranzutasten. Aufgrund der Brisanz der Sache ging sie langsam und behutsam vor und beobachtete Hendriks Reaktionen und Körpersprache.

„Ja ... ja, es gibt da dieses Lager, das nur wenige betreten dürfen. Unter der eigentlichen Krankenstation. Dafür habe ich aber keine Zugangsrechte", antwortete er auf ihre Frage, ob die Gerüchte stimmten, die man so im Ort hörte: Gab es diesen Keller wirklich?

„Es heißt, es sei das Lager für die Krankenstation und dort bringe man Verstorbene unter, bis sie zur Bestattung abgeholt werden. Aber irgendwie glaube ich das nicht so recht. Es werden

viel zu oft Metallsärge gebracht und abgeholt. Meine Kollegen und ich haben schon überlegt, ob dort medizinische Experimente an Menschen durchgeführt werden. Eigentlich darf ich darüber nicht sprechen, doch ich halte es nicht mehr aus …!" Hendrik schloss die Augen, atmete sehr behutsam ein und aus. Als er die Augen wieder geöffnete hatte und weitererzählen wollte, bemerkte Erika seine feuchten Augen. Es machte den Anschein, dass Hendrik ein Volltreffer für ihre Sache war. Arbeitet in der Anstalt, war aufmerksam und empathisch. *„Nun …"*, fuhr er fort, *„… sollten dort illegale Dinge passieren, dann muss man das doch beenden?"*

Die Mitarbeiter der JVA wurden auch offensichtlich massiv unter Druck gesetzt, damit es auch ein Gerücht blieb und kein Fakt wurde.

Erika hatte nun nicht nur einen Kontakt in die Anstalt, sie hatte jetzt auch eine Informationsquelle und einen Mitstreiter. Ob es dieses Untergeschoss wirklich gab, war nie so klar. Man sprach im Ort darüber, doch niemand wusste es wirklich. Das Blöde war auch, dass Gerüchte meist von den Menschen verbreitet wurden, die auch die Mondlandung für eine Fälschung hielten oder an den Deep-State glaubten. Wenig vertrauenswürdige Quellen. Was los wäre, wenn Erika all ihre Erkenntnisse unter die Gesellschaft gestreut oder sich an die Presse gewandt hätte? Schließlich hatte sie Quirins Datenstick auch mit Vorsicht gelesen. Sie kannte Quirin sehr gut, doch vielen Menschen kann man nur vor den Kopf schauen. Damals musste sie unweigerlich an den Showmaster denken, der seine Karriere durch wilde Verschwörungen und Hassbotschaften eindrucksvoll zerstört hatte. Sie erklomm nicht die Karriereleiter, doch sie mochte eben nicht wie Quirin fünf Jahre in einem Gefängnis verbringen. Dass gerade er nie in den Keller „gebracht" worden war, war schlicht und ergreifend seiner Bekanntheit im Bereich der Viren-Forschung zu verdanken. Der einzukalkulierende Tod hätte unweigerlich zu weltweiten Meinungsänderungen und unangenehmen Fragen unter den Virologen geführt. Das wollte das – wie Quirin es nannte – System sicher nicht riskieren. Außerdem hatte man die Hoffnung, dass die Haft ihn verändern würde und man in ihm einen mächtigen Verbündeten für die Sache hätte. Bislang war aber weder Erika noch Quirin bewusst, ob es das System wirklich gab und welchen Zweck es verfolgte. Was Quirin, bis zu seinen von Medikamenten begleiteten Meditationsrunden wusste, wusste er durch seine Versuche im Labor. Wie sich alles auf den Menschen auswirkte, konnte er nur erahnen und das war keine gute Ahnung. Auch hatte er bei seinem Termin bei Dr. Marburg nicht alles erzählt. Er wusste, dass die Gefahr einer Verschwörung bestand. Aber er konnte einfach nicht riskieren, tatenlos zu bleiben. Was, wenn es doch ein böses System gab?!

Schließlich weihte Erika Hendrik ein und sie erarbeiteten gemeinsam einen Plan, um die Machenschaften unterhalb der Krankenstation aufzudecken. Sie erzählte Hendrik bewusst nichts von Quirin. Sollte er nicht integer sein, dann würde er nur sie verraten und Quirin blieb unbehelligt. Und er könnte das gemeinsame Ziel alleine verfolgen.

Teil des Plans war zunächst, dass Hendrik begann, die komplette Anstalt zu erforschen.

Das Lager konnte er aufgrund seiner Sicherheitsstufe nicht betreten. Fahrstuhl und Treppenhaus zum Lager waren nur durch Zugangskarten der Stufe B zu betreten. Hendrik hatte C. Wobei er sich dann fragte, was Stufe A so alles konnte?!

Nachdem sich Henriks und Quirins Überraschung über ihr Wiedersehen gelegt hatte, schritten die Weltenretter durch die Tür und liefen zügig über den Hof zum Haupteingang der Anstalt. Die entsprechenden Kameras hatte Hendrik bereits manipuliert, so dass sie unbehelligt zum „Empfang" kamen. Dort schliefen immer noch die Kollegen, die er mit den Kabelbindern anständig fixiert hatte. Erika setzte die Injektionspistole an Hendriks Oberarm und verpasste ihm einen Schuss. *„Hey, was war das … ich dachte wir … wir sind …?"* *„Sind wir auch immer noch! Hilf mir lieber mal.",* unterbrach Erika ihn, während sie zu seinen gefesselten Kollegen ging und die Ärmel hoch schob. *„Hendrik…bitte hilf mir!",* wiederholte sie energisch. Er kam ihr zur Hilfe, legte die Oberarme seiner Kollegen frei und sie setzte die Injektionen. *„So, wenn sie aufwachen, haben sie Kopf-weh, doch sie können nicht mehr aktiviert werden. Möchtest du mehr wissen, höre gleich zu, wenn Quirin seine Erinnerung kom-plett wieder erlangt hat."* *„Quirin!"*, lachte Hendrik. *„Wer hätte das gedacht!"*

„Hendrik, hast du die Zugangskarten?", fragte Erika. *„Klar, wie abgestimmt."*, erwiderte Hendrik lächelnd und griff in seine linke Hemdtasche.

Erika hielt am Fahrstuhl stehend ihre flache Hand in seine Richtung, als wollte sie ein Pferd füttern. Hendrik nickte verstehend, griff in seine rechte Hemdtasche und holte ein paar Kräcker heraus, um sie auf Erikas Hand zu streuen. Sie senkte etwas den Kopf, schüttelte ihn kurz la-chend und drehte sich zu ihm um. Hendrik wie-herte wie ein Pferd und wedelte mit der Karte.

Als sich die Tür öffnete, schnappte sie ihm die Karte aus der Hand und beide folgten Angelika, Bob und Quirin in den Fahrstuhl. Am Panel hielt Erika die Karte an den Scanner und Hendrik drückte die 02 für Lager. Die 01 war die Kran-kenstation und 10 und 20 die Anstalt. Es herrschte von Anbeginn allgemeine Unklarheit, was diese Nummerierung sollte.

Die Fahrstuhltür schloss sich und alle waren froh, dass der Aufzug auch für Krankenbetten konzipiert war. Trotz der Rucksäcke passten alle hinein. Ansonsten hätten sie sich für die Fahrt trennen müssen, was Erika erleichtert mit einem leisen „*Passt ... gut!*" kommentierte!

Als sich die Fahrstuhltür öffnete, blickten sie in eine Art Vorraum, ca. 40 qm groß, mit strahlend weißen Wänden und einem blau schimmernden Designelement von 50 cm breite, welches in einer Höhe von 1,80 m einmal um den Raum wandelte. In etwa wie früher die Borde mit Elefanten und Mäusen, die man in nahezu sämtlichen Kinderzimmern fand. In den Ecken befanden sich Kameras, die Henrik ebenfalls manipuliert hatte. Er hatte zwar keinen Zugang zu dieser Etage, doch Zugriff auf die Kameras. Es hieß immer, die Kameras überwachen den Zugang zur Kühlkammer. Warum und vor wem die Kammer geschützt werden musste, wurde nicht erwähnt. Was und wer sollte sich für die

Verstorbenen interessieren, die in der Kühlkammer auf eine mögliche Obduktion oder Abholung warteten? Das kam einigen Wärtern schon seltsam vor, doch die wenigsten hinterfragten es. Hendrik wusste, dass da irgendwas nicht sauber war und das auch schon bevor er Erika traf und kennenlernte. Linksseitig fand sich eine Stahltür, die mit einem Fluchtweg-Schild gekennzeichnet war. Irgendwie mutete es schon seltsam an, dass in einem Hochsicherheitsbereich Fluchtwege gekennzeichnet waren. Für gewöhnlich sollten sich doch ausgewählte Kollegen gerade dort bestens auskennen? Geradeaus eine Stahltür, die mit einem Panel für gesicherten Zugang ausgestattet war. *„Da!"*, flüsterte Hendrik, *„Ich denke, dort geht es weiter."* Erika schritt mit den Worten *„Komme mir vor wie bei Cube."*, langsam zur Tür und hielt die Karte auf den Scanner. In der Tür hörte man eine Mechanik, die mit einem Klick-Klack endete. Die Tür sprang auf. *„Das kann es doch nicht sein?!"*, merkte Angelika an. *„Was kann nicht sein?"*, wollte Quirin wissen. *„Also, ich finde es geht alles zu einfach. Wenig Wachpersonal und nur simple Kameras, die Henrik locker ma-*

nipulieren konnte. Was, wenn es eine Falle ist?" Angelika war sichtlich irritiert und nun auch verängstigt. *„In jedem Film gibt's was mit Augenscannern oder ähnlichem Zeugs ...?!"* „Nun ...", setzte Hendrik an, als sie die Tür öffneten und in einen langen schwach beleuchteten Gang sahen. Hendrik stockte und alle schauten in einen schlauchartigen Flur von mindestens 50 Metern Länge und einer Breite von ca. 4 Metern. Rechts und links gesäumt von Käfigen. Im Grunde wie die Zellen für die Gefangenen. Sie gingen vorsichtig in den Gang hinein und entdeckten in den Zellen aufgestapelte Käfige mit Kleintieren wie Ratten, Hamstern und Meerschweinchen. Selbst Klippschliefer fanden sich in zwei Käfigen. Die Tiere waren ruhig und bemerkten offensichtlich nicht, dass sie Besuch bekamen. Je weiter sie gingen, desto größer wurden die eingesperrten Tiere. *„Was machen Tiere in einer Anstalt wie dieser?"*, fragte Angelika in die Runde. *„Das ist nun mal kein Gefängnis. Das dient offensichtlich nur der Tarnung ... und gleichzeitig der Möglichkeit, Querulanten wie Quirin einzusperren und unter Beobachtung zu halten. Es wurde so auch nach außen kommuniziert"*, erklärte Erika. *„Was wurde nach außen kommuniziert?!"*, hakte

113

Angelika nach. „*Ja ...*", fuhr Erika leise fort: „*... es hieß, die Anstalt sei nur für einige wenige – doch brisante – Häftlinge.*" „*Wobei sich brisant nicht auf Gewalttaten bezieht.*", ergänzte Quirin und nahm das Gespräch wieder an sich. Auch weil es ihm wichtig war, Angelikas Fragen zu beantworten. Schließlich ist die Erklärung auch der Grund für den relativ einfachen Zugang zur Anstalt. „*Im Grunde waren meine Haftkollegen Verschwörungstheoretiker, Wissenschaftler und BWLer. Wobei ich ja nur wenige kennenlernen durfte. Wir wurden schon sehr separat gehalten. Und dass es vermeintlicher Weise so schlecht bewacht ist, ist der Tatsache geschuldet, dass viele Köche den Brei verderben ... wenn du verstehst, was ich meine.*" Angelika schaute aus einer Mischung von Faszination und Ekel in die Käfige und nickte, „*Ja, ich denke schon ... die Menge der Mitwisser bestimmt die Wahrscheinlichkeit, ob was nach draußen dringt?*" „*Genau! Auch die Tatsache, dass man mich nicht „weggeräumt" hat, hatte einen gezielten Grund. Die wenigsten Sachen waren ohne Plan. Einfach nur Zufall? Ne! Außer meine Entlassung – ok ... da gab es auch einen Plan, doch das war meiner!*"

Jedes Tier war separat eingesperrt. Wahrscheinlich weil es mitunter zu tödlichen Auseinandersetzungen kommen konnte. Es war weder Quirin noch Erika klar, warum die Injektionen so unterschiedlich wirkten. Das wollten sie später klären. Doch egal wie und warum, es ging ihnen zunächst darum, die Aktivierungen zu stoppen. Sie liefen stumm weiter, bis sie die nächste Tür erreichten. Angelika blieb etwas zurück, da sie in jede Zelle schaute. Es war wie ein Autounfall. Man kann es nicht ertragen, muss aber immer wieder hinschauen. Erika bemerkte, dass sich die Gruppe etwas auseinanderzog. Das gefiel ihr überhaupt nicht und sie drehte sich um, um Angelika, die am weitesten zurücklag, anzutreiben. Bevor sie etwas sagen konnte, sah sie, wie Angelika vor einer Zellen stehend kurz aufschrie und die Hände vor ihren Mund hielt. *„Menschen!"*, sagte sie ruhig und schaute zu Erika. Erika ging zu ihr, nahm sie freundschaftlich in den Arm und sah auf der Pritsche der Zelle eine Decke, die derart lag, dass man die typische Figur eines Menschen darunter erkennen konnte. *„Ich wusste es nicht wirklich, doch es war damit zu rechnen. Ich wollte es euch auch nicht sagen und hoffte, ihr schaut nicht so detailliert in die Zellen."*

In selben Moment bewegte sich die Gestalt und drehte sich langsam zu den beiden um. Zwei leere, verzweifelte, farblose Augen schauten in ihre Richtung. In einem Akt der Verzweiflung hob die Gestalt eine Hand und reichte sie in Richtung Erika. Es wirkte wie ein Hilferuf. *„Können wir ihm nicht mit einer Injektion helfen?"*, flüsterte Angelika. Erika hob die linke Augenbraue und schaute zu ihr: *„Wir können es versuchen … ich weiß jedoch nicht, wie er reagieren wird. Und wie kommen wir in die Zelle? Und wer möchte in die Zelle?"* Stille! Niemand wollte in die Zelle. Abgesehen davon wären sie ob der Tatsache, dass sie abgeschlossen war, auch nicht hineingekommen. *„Wir können ihn … es ist ein Mann, oder? Egal, wir winken ihn rüber zu uns und verpassen ihm durch die Gitter einen Schuss."* Erika setzte ihren Rucksack ab, nahm die Injektionspistole aus der Seitentasche und prüfte, ob die Pistole geladen war. *„Passt!"* Die Gestalt sah Erika an und stand mit verzweifeltem Blick auf, um sich auf sie zu zubewegen. Als sie in Reichweite stand, griff Erika durch das Gitter, packte das Handgelenk der Gestalt und zog den Arm durch die Stäbe. *„Quirin"*, rief Erika, *„Jetzt! Durchs Hemd* *geht's auch."* Quirin setzte die Pistole an und löste einen Schuss. Die Injektion schoss in den Oberarm und Erika lies das Handgelenk los. *„Wie lange dauert es, bis die Wirkung einsetzt?"*, wollte Angelika wissen. *„Wir haben keine Erfahrung mit infizierten Menschen. Bei den Ratten begann die Wirkung nach ca. 20 Minuten."*, erläuterte Quirin.

„So leid es mir tut, doch so viel Zeit haben wir nicht. Weiter geht's!", machte Erika Druck. Die Gestalt schaute, als hätte sie eine Ahnung, was hier vor sich ging. Dann lief sie rückwärts zur Pritsche und ließ sich leise stöhnend auf selbige fallen. Angelika schaute noch einmal voller Mitleid in die Zelle, als Erika sie fordernd am Ärmel zog. *„Mehr können wir nicht machen."*, sagte sie ruhig, fast flüsternd.

Erika hielt die Zugangskarte an den Scanner und die Tür sprang auf.

14 – Abschalten

Sie staunten nicht schlecht, als sich ihnen ein beeindruckender, lichtdurchfluteter Raum von ungefähr 100 Quadratmetern zeigte. Alles extrem sauber und steril. Fast ein Reinraum. Die Wände waren mit blau schimmerndem Glas bedeckt, welches durch das sanfte Licht von Neonröhren durchflutet wurde. An der gegenüberliegenden Wand waren zahllose Monitore angebracht, die zum einen unterschiedliche Menschen zeigten und zum anderen teils schwarz waren. In einem Abstand von ca. sechs Metern stand ein großer Schreibtisch mit drei Stühlen aus Stahl und Glas. Im Tisch eingelassen fand sich eine Tastatur, die ebenfalls aus Glas bestand. Über diese beugte sich ein Labormitarbeiter, der sich zum Rhythmus einer Musik bewegte, die offensichtlich nur er hört. Als er etwas wilder den Kopf schüttelte, sah man, dass er einen Kopfhörer trug und absolut nichts mitbekam. Beim schüchternen Headbangen drehte er sich um und sah die fünf Weltenretter nebeneinanderstehen. Sie schienen ihm sichtlich irritiert, ob dieser Darbietung. Was sie in der Tat auch waren. *„Manchmal glaube ich, es gibt eine Loriot-Welt und ich bin Teil davon."*, nuschelte Erika und sah, wie die anderen vier grinsen mussten. Er nahm die Kopfhörer ab und wirkte nicht minder irritiert als die Eindringlinge. Dann zeigte er schüchtern auf Erika und Quirin. *„Ihr zwei? Äh, was macht ihr denn hier?"* Kaum hatte er den Satz gesprochen, versuchte er einen roten Knopf zu erreichen, um ihn zu drücken. Quirin und Bob rannten auf ihn zu und packten ihn bei den Armen. Glücklicherweise hatte Hendrik noch Kabelbinder. *„Was soll das?"*, meckerte er, doch wehrte er sich nur halbherzig. *„Ich kenn euch doch? Ihr wart doch im Londoner Labor Teil des Entwicklungsteams?"* Dann schaute er zu Angelika rüber: *„Hey, und du kaufst doch bei mir Gras!?"* Kaum ausgesprochen befürchtete er, dass das keine gute Idee war. Angelika wurde etwas rot und schaute verlegen zu den anderen, doch sagte dann selbstbewusst: *„Hey, zu einem guten Film … ja, kennt ihr das nicht? Dazu Chips und Schokolade … abwechselnd!"* Alle mussten grinsen. Bob griff in seine rechte Tasche und holte einen Joint heraus. *„Ok*

... den zünden wir uns an, wenn der Scheiß hier erledigt ist."
Wie im Chor kam von allen ein „*Jo!*"

Quirin bat Angelika, die aktuellsten Nachrichten abzurufen und setzte sich mit Erika sofort an den Tisch, um über den Zentralrechner die Aktivierungen zu stoppen – sofern möglich. Wer weiß, wie viel Zeit ihnen noch blieb. Bob und Hendrik sicherten die Tür, während Angelika in einer Ecke hockte und prüfte, ob ihr Handy ein Netz hatte. Was ein verrücktes Unterfangen war, hier im Keller! Von Angelika kam ein gelangweiltes „*Geht nicht ... kein Netz!*"

Quirin glaubte zu wissen, was zu tun war. Schließlich konnte er bei seinen Versuchen die Aktivierung stoppen. Jedoch war er nicht in der Lage, die Langzeitschäden – wodurch diese auch immer ausgelöst wurden – zu heilen. Wie auch? In der kurzen Zeit, die ihm zur Verfügung gestanden hatte, war das kaum denkbar. Letztlich war ihm zwar klar, dass die Additive der Stabilisatoren für die Verwandlung verantwortlich waren, aber hinsichtlich des genauen Vorgangs war auch er noch immer ratlos. Während Quirin von seinen Versuchen erzählte, berührte Erika die Computermaus, um den Bildschirmschoner zu deaktivieren. Quirin und Erika schauten gemeinsam stumm auf den Monitor. Sie brachen ihr Schweigen mit einem gemeinsamen *„Mmmh … Passwort!"* Auf dem Monitor sahen sie die Zahl 5397002 und vier Felder, die offensichtlich zur Eingabe eines Zugangscodes bestimmt waren. Hendrik und Bob kamen vor zum Monitor, um zu schauen, ob sie helfen konnten. Hendrik las die Zahl laut vor, *„5397002 – ist das eine Personalnummer?"* *„Ich weiß nicht – wahrscheinlich nicht … wäre zu einfach!"*, äußerte Quirin seine Ahnungslosigkeit.

Angelika stand auf und ging interessiert zu den vieren, die sich um den Monitor scharrten. Sie drängte sich zwischen Bob und Quirin und schaute nachdenklich auf den Bildschirm. Nach einem kurzen Moment drehte sie sich mit einem fragenden Blick zu Quirin, *„Das könnte was mit Primzahlen sein?!"* *„Prim, was?"* fragte Bob. Quirin schaute zu Bob, *„Primzahlen sind natürliche ganze Zahlen, die nur durch sich selbst und eins teilbar sind. Macht man sich bei Codierungen gerne zu nutze."* Quirin schaute wieder auf den Bildschirm. *„Angelika, das dachte ich mir auch schon, doch* *die mögliche Lösung zieht das nächste Problem nach sich. Hast du einen Taschenrechner?"* „Nein!", sagte Angelika. *„Den brauchen wir aber auch nicht. Ich hatte Mathe Leistungskurs und habe mit 19 den deutschen Mathematikwettbewerb gewonnen."*

Angelika grinste zu Quirin und sagte lässig *„2!"* Quirin lächelte sie an und drehte sich zur Tastatur, um die 2 einzugeben, *„2! und weiter?"* *„13!"* Angelika schloss die Augen und konzentrierte sich einen kurzen Moment. Man merkte Quirin an, dass seine Freude über den willkommenen Zufall ihres Talentes der Ungeduld wich. Dieser kurze Moment schien so lang wie die Zeit bis zu seinem Führerschein – ewig! *„Alles gut?"*, unterbrach er die Stille? Sie öffnete die Augen und sagte *„Ja ... ich habe die Zahlen im Kopf, dachte aber kurz, ich hätte mich verrechnet."* Sie blickte zu Quirin und sah etwas Panisches in seinem Gesicht und begann zu grinsen. Da das System nicht jede Eingabe als richtig oder falsch quittierte, wurde Quirin sichtlich nervös. *„Hey, guck nicht so, hab ich nicht ... 251!"*, beruhigte sie ihn. Sichtlich erleichtert doch schwitzend tippte er 251 ein.

Ein Hintergrundgeräusch aus Nuscheln füllte den Raum, während Angelika gerade die vierte Zahl nennen wollte. Alle Fünf zuckten zusammen, als sie lauthals schreiend *„Tja, erwischt!"*, hörten. Sie blickten nahezu gleichzeitig nach unten, drehten sich nach einem kurzen Moment aufgerichtet um und sahen Dr. Marburg innerhalb des Raumes vor der Eingangstür stehen. Hinter ihm drängelten sich vier Anstaltsinsassen zwischen den Türrahmen und taten nichts weiter, als dort unbequem zu stehen. Und schauten dabei, als hätten sie gerade erst erfahren, dass die Erde keine Scheibe ist.

„Dr. Marburg!", entfuhr es Erika und Quirin. Dr. Marburg schaute auf die Fingernägel seiner linken Hand, pustete theatralisch auf diese und schaute grinsend abwechselnd in ihre Augen. *„Ach kommt, als hättet ihr es nicht gewusst ...!"* In seiner rechten Hand hielt er ein großes Handy, vielmehr ein kleines Tablet. Mit diesem zeigte er mit schiefem Kopf auf den Monitor des Schreibtisches, *„Oh ich sehe, ihr scheitert am Passwort. Na ja, selbst wenn ihr es hättet ... wie ich sagte, erwischt!"* *„Warum?"*, un-

terbrach ihn Quirin. Dr. Marburg schaute auf das kleine Tablet. *„Och, das spielt doch nun wirklich keine Rolle mehr."* Recht geschickt tippte er auf dem Tablet herum und schaute in Richtung der vier Insassen. *„Tötet sie ... mhh ... Moment mal!"* Er hielt kurz inne und kratze mit der linken Hand an seinem Kinn, *„Wir haben nur drei Leichensäcke?! Einer war eh schon auf Verdacht?! Ach, in der Kühlkammer ist Platz! Los ..."* Die Fünf schauten verzweifelt und enttäuscht über das eigene Versagen in Dr. Marburgs Richtung. Diese Stimmung schien Dr. Marburg zu gefallen. Schließlich hatte er ja gewonnen und das stimmte ihn zufrieden. Mit einem kurzen Nicken bestätigte er seine Anweisung, sie zu töten. Bob schaute etwas konzentriert, ballte kurz die Fäuste, drehte mit etwas Knacken im Genick den Kopf, als mache er sich für einen anstehenden Kampf warm und war im Begriff aufzustehen, als Angelika Dr. Marburg ansprach: *„Ich will es aber wissen!"* Sie saß immer noch an die Wand lehnend auf dem Boden und schaute zwischen ihren langen Haaren hervor. *„Wenn es doch eh keine Rolle mehr spielt? Warum lassen Sie sich Ihren Sieg wie ein Anfänger entgehen?"*

Dr. Marburg schaute interessiert zu Angelika und hob die linke Hand, um seine vier Helfer zu stoppen. *„Was sagtest du?"* Bob schaute irritiert zu Angelika, zu Dr. Marburg und auch die vier Gestalten behielt er abwechselnd im Blick. Als Angelika wieder ansetzte, lächelte Bob sie an und hielt inne. *„Ich sagte, dass wir doch kurz vor dem Ende noch eben zwei Fliegen mit einer Klappe schlagen könnten." „Ach … und welche?" „Oh Mann … Sie sind promovierter Wissenschaftler! Das ist doch nicht so schwer zu verstehen."* Dr. Marburg schaute verdutzt zu Erika und Quirin. *„Woher habt ihr denn diese freche Göre? Große Klappe und intelligent noch dazu …"* Dr. Marburgs Mimik wechselte in ein sarkastisches Lächeln. *„Passt gar nicht zu euch. Aber das gefällt mir."* Dann wandte er sich wieder an Angelika. *„Also, nun gut … du hast recht. Es spielt keine Rolle mehr!" „Ich will es wissen und Sie …" „Ach, sag doch Helmut.",* unterbrach er sie und schaute ihr fragend in die Augen: *„Und du? Wer bist du?" „Angelika … kein Spitzname oder sonst was. Einfach Angelika!" „Ok, Angelika … Du willst es also wissen?"*

Angelika gelang es, Dr. Marburg in ein Gespräch zu verwickeln, welches seine Neugier weckte. Sie bezweckte damit, Zeit zu schinden.

Was ihr ziemlich gut gelang. Sie wusste nicht genau wozu, doch sie fand, dass das schließlich die Aufgabe der anderen war. Sie glaubte auch zu bemerken, dass die Köpfe ratterten und die vier nach einem Weg aus dieser Misere suchten – hoffentlich. Abgesehen davon wollte sie in der Tat wissen, wofür genau sie hier nun sterben sollte.

„Du ziehst hier so ein unglaubliches Ding ab und sollte jemand davon erfahren und dir und deiner Sache gefährlich werden, würdest du ihn zum Schweigen bringen, richtig?" Dr. Marburg nickte arrogant nachdenklich: *„Kein Zweifel!"* *„Und entsprechend den Umständen hast du den ganzen Ärger mit der Entsorgung und was geschieht mit Verwandten, Bekannten und Freunden? Also, die werden Fragen stellen. Ist doch alles Mist und birgt Gefahren für deine Sache! Oder nicht?"*, erklärte Angelika mit steigendem Selbstbewusstsein. *„Ja, in der Tat. Deshalb war es auch einfacher und der Sache nachhaltig dienlich, Quirin der Verschwörung zu beschuldigen."* Dr. Marburg schaute zu Erika und Quirin und zuckte mit den Schultern, *„Irmgard ist ja während der Verhandlung untergetaucht. Leider!"* *„Helmut und für die Entsorgung ist doch schon gesorgt!"*, redete Angelika unbeirrt weiter auf ihn ein und bemerkte, dass sie ihn an

der richtigen Stelle erwischt hatte. An seiner Eitelkeit!

Dr. Marburg nahm sich einen der drei Stühle und setzte sich in unerträglicher Überheblichkeit auf selbigen und verschränkte die Beine. *„So, so … die kleine Angelika möchte vor ihrem Tod noch etwas lernen. Gut, gut … und dass es keine Rolle mehr spielt, passt ja irgendwie für beide Seiten. Doch warum solltet ihr nicht erfahren, welch genialer Mensch euch in Jenseits befördert. Öh … befördern lässt?!"* Er gefiel sich in seiner Rolle und fand sich ziemlich witzig. Dann drehte er sich zu seinen Gehilfen um und gab ihnen die Anweisung, sich zurückzuhalten. Dr. Marburg begann zu erzählen.

15 – Warum leckt sich der Hund die Eier?

„Habt ihr euch nie gefragt, was das alles soll? Warum macht er das?", fragte er in die Runde und vergaß nicht, jedem einzeln in die Augen zu schauen. *„Ja, dieses „Warum" geht mir nicht aus dem Kopf."*, merkte Quirin schulterzuckend an. *„Warum? Ja, das ist eine gute Frage. Letztlich gibt es keinen echten, hochtrabenden Grund. Also – ich mein – warum leckt sich der Hund die Eier?" „Weil er es kann!"*, murrte Angelika in genervter Stimmung, als hätte sie einen schlechten Witz zum hundertsten Mal gehört. Sie wollte kein schlaues Gelaber hören. Sie wollte es in der Tat nun endlich wissen!

„Richtig, weil er es kann! Ich wusste es, ich wusste, dass du ein schlaues Mädchen bist!", säuselte er, *„Es ist ein Jammer, dass du dich den Verlierern angeschlossen hast." „Das war reiner Zufall. Ich habe mir das nicht ausgesucht."*, sagte Angelika. Quirin schaute etwas verdutzt ob Angelikas Bemerkung und hoffte, dass das zu ihrer Strategie gehörte und kein Sinneswandel anstand!

Es ist einfach so, dass dies alles begann, weil ich herausfand, dass es geht. Und schlussendlich ist das alles passiert, weil ich es kann! Zumindest hat es so begonnen! Erst später merkte ich, welch mächtiges Werkzeug ich dort in der Hand hatte."

Dr. Marburg griff in seine Tasche und zog eine Zigarre heraus. *„Das ist meine Sieger-Zigarre und ich denke, es ist Zeit dafür. Stört es euch, wenn ich rauche?"* Kaum hatte er es ausgesprochen, begann er lauthals zu lachen und verschluckte sich dabei. Röchelnd und hustend meinte er nur: *„Was frage ich … ich bin der Sieger und der Bestimmer. Angelika … Du hast recht, es ist ein hervorragendes Gefühl."* Grinsend bot er den anderen eine Zigarre an. In seine Tasche greifend antwortete Bob: *„Nein Danke … aber geht das hier?".* Er zog den Joint heraus und wedelte damit hin und her. *„Na von mir aus … ich rufe bestimmt nicht die Polizei!",* lachte Dr. Marburg.

„Es war ja in der Tat so, dass wir einen Impfstoff brauchten. Eben diesen hatten wir ja in relativ kurzer Zeit entwickelt. Die Studien liefen alle problemlos. Phase I bis III ohne nennenswerte Zwischenfälle. Das Ding war nur …", Dr. Marburg zeigte Oberlehrerhaft in Quirins Richtung und Quirin reagierte wie ein Schüler und brachte den

abgebrochenen Satz zu Ende: „*... die Lagertemperatur von -80°C!*"

„*Richtig! Und durch einen simplen Zufall kam ich auf einer Wissenschaftstagung in den USA mit dem CEO von Kennethsoft ins Gespräch und ich erklärte ihm das Problem. Nebenbei merkte ich noch an, dass es ja praktisch wäre, einen Impfindikator zu verabreichen. Also etwas, was ein Signal „Ich bin geimpft" nach draußen sendet.*" Quirin griff sich schmerzverzerrt an den Hinterkopf und unterbrach Dr. Marburg: „*Das Bluetooth-Signal?*" „*Richtig*", fuhr Dr. Marburg fort. „*Kenneth Smithers von Kennethsoft zeigte relativ schnell Interesse und wir vereinbarten einen gemeinsamen Termin. Er wusste, dass hinter Impfungen riesiges Potential steckt.*"

Erika entging nicht, dass es Quirin nicht gut ging. „*Quirin, alles gut?*", hinterfragte sie seinen Zustand. „*Jaja ... bin nur etwas ... mmhh ... nennen wir es erschöpft! Gib doch mal den Stängel rüber!*"

Erika reichte Quirin den Joint rüber. Ohne hinzuschauen – mehr auf Dr. Marburgs Worte achtend – nahm er ihn und zog kräftig daran. Der blaue Dunst entwich langsam aus Mund und Nase und bildete eine imposante Rauchwolke vor seinem Gesicht. In dieser sah er wie schon die Tage zuvor flimmernde, glitzernde kleine Teilchen. Mit dem langsamen Verschwinden des Rauches verblassten die Glitzerteilchen ebenfalls mit vergleichbarer Behäbigkeit. Er merkte, dass er die Augen geschlossen hatte und hörte Erikas Stimme flüstern *„Quirin?"* und spürte einen leichten Druck – eher ein Streicheln – auf dem rechten Oberarm. Quirin öffnete die Augen und sah Dr. Marburg sprechen, doch er hörte nichts. Erika saß immer noch an der linken Seite des Schreibtisches angelehnt. Er schaute zu ihr rüber: *„Ja, Erika?"* Erika schaute verdutzt und wusste nicht was Quirin wollte. *„Ich habe nichts gesagt!"*, sagte sie in leisem Ton. *„Was soll der Quatsch?"*, rief Dr. Marburg. *„Wollt ihr es jetzt wissen oder eure letzten Lebensminuten mit einem Kaffeeklatsch vergeuden?"* Quirin sah und hörte Dr. Marburg wieder klar und deutlich. Trotz der Ansage von Dr. Marburg hielt er den Joint auf Nasenhöhe, drehte ihn etwas hin und her und sagte fast philosophengleich: *„Homöopathische Mittel schließen Türen, wohingegen sie auch andere öffnen!"* Dr. Marburg verdrehte die Augen, zog an der Zigarre und mit dem

Auspusten des Rauches sagte er genervt: *„Wenn du meinst …!"* und erzählte weiter.

„Also … wie ihr nun wisst, war es ein reines Zufallsprodukt. Hier war vielleicht nicht der Weg das Ziel, doch der Zufall führte mich zu einem Weg, der zum nun erreichten Ziel führte. Kenneth erzählte, dass er ursprünglich einen kleinen Chip entwickelt hatte, der durch die Blutbahn schwimmen sollte und dabei medizinisch relevante Daten sammelt, die bei der Vorsorge diverser Krankheiten helfen könnten. Krebs im absoluten Anfangsstadium diagnostizieren, ja … wer würde das nicht wollen?"

Quirin zog noch einmal kräftig am Joint und gab ihn dann weiter. Kaum aus der Hand, wurden seine Augen wieder schwer und er war – obwohl es offensichtlich um die letzte Geschichte seines Lebens ging – kaum in der Stimmung oder Lage, sich gegen die zufallenden Augenlieder zu stemmen.

Auch Dr. Marburg entging nicht, dass es Quirin nicht gut ging. Doch was spielte das jetzt noch für eine Rolle, dachte er und fuhr ungeachtet fort.

Quirin hatte – den Kampf mit den Liedern nicht aufnehmend – die Augen geschlossen, als er wieder Erikas Stimme hörte. Doch sie schien nicht mit ihm zu sprechen, vielmehr über ihn: *„Ich glaube er kommt!"* Erikas Stimme vermischte sich mit den Worten von Dr. Marburg, so als würden sie ein normales Gespräch führen. Was ja angesichts der aktuellen prekären Lage, äußerst seltsam wirkte. Er öffnete die Augen und sah, dass Erika sich zu ihm streckte und erneut den Joint reichte. Dr. Marburg referierte immer noch wie ein Professor und schien sich in der Tat so zu fühlen, wie Angelika es beabsichtigt hatte. *„Ich denke auch ... geben wir ihm noch ein paar Minuten."*, schien Dr. Marburg zu sagen. Allerdings wirkte es auf Quirin extrem irritierend. Der gesprochene Text passte nicht in die Situation und auch die Lippenbewegungen schienen nicht synchron. Was war das nur für ein Gras, das er da rauchte? Ok, er hatte auch schon seit fünf Jahren die Finger davon gelassen – lassen müssen. Klar, dass Körper und Geist nun etwas krasser reagierten. Er schaute sich um und niemand sah so aus, wie er sich fühlte. So furchtbar matt, wie erschlagen. Wieder klang Dr. Marburgs stimme durch: *„Und die Smartphone-Programmierung erledigten zwei Nerds, die kei-*

ner vermissen sollte." "Aber was ist mit Kennethsoft und dem
Projekt mit den Chips? Und der Theorie der Reduzierung der
Weltbevölkerung durch eine Pandemie, respektive Impfung? Ich
verstehe den genauen Zusammenhang nicht!", unterbrach
Erika ihn. Sie sagte, was Quirin dachte, doch
nicht imstande war auszusprechen. Dr. Marburg
begann schallend zu lachen und schlug sich mit
den Händen auf die Oberschenkel. Er konnte
kaum sprechen, versuchte es aber immer wieder,
bis er sich etwas fing und "*Kennethsoft und TelkoMedia
…*", herausbrachte. Dr. Marburg beruhigte sich
langsam und wischte sich die Tränen von den
Wangen. Dabei schaute er Erika und Quirin abwechselnd an und fuhr fort: "*Herrlich … also, gerade
euch beiden hätte ich etwas mehr Realitätssinn zugetraut. Das
war und ist immer noch totaler Mist. Das war die beste Möglichkeit, meine Forschung geheim zu halten. Ich habe die Gerüchte zunächst im Darknet gestreut und dann tröpfelte es langsam
ins World Wide Web. Verrückterweise gab es erstaunlich viele,
die dafür anfällig waren. Mehr als ich gewettet hätte. Als ich zu
träumen gewagt hätte!"*

Er lachte wieder.

"*Ok, die Entwicklung eines Chips gab es ja wirklich und
das brachte mich im Grunde auf die Idee der Verschwörungsge-*

schichte. Sobald eine Theorie einen Funken Wahrheit beinhaltet – wie in diesem Fall die tatsächliche Entwicklung eines Chips für die Blutbahn – wird doch jeder Scheiß geglaubt."

„Ja … und der Smithers? Warum hat er sich dazu nie öffentlich geäußert?", fragte Erika.

„Weil er wusste, dass dann ein Sturm losbricht. Stell dir vor, er hätte sich vor die Kameras gestellt und von einem Chip für die Blutbahn gefaselt? Er war stinkesauer ob der undichten Stelle in seinem Unternehmen. Dass ich die Dinge gestreut habe, hat er nie erfahren. Wird ihm heute auch egal sein!"

Dr. Marburg Aussage gepaart mit Überheblichkeit, war kaum noch zu ertragen.

„Oh mein Gott …", warf Erika erschrocken ein. *„… die letzte Zelle? Kein Flugzeugabsturz?"* *„Oh!? Ihr habt ihn entdeckt? Ja, er wurde zu gefährlich und da ich eh vorhatte, ihn früher oder später zu kontrollieren, habe ich ihn geimpft. Er wusste bis dahin nichts über meine Pläne, doch er stellte seltsame Fragen. Nun, aber an diesem Probanden hatte ich dann das Problem mit der Blutgruppe erkannt. Ergebnis habt ihr ja gesehen. Ach ja, richtig! Kein Flugzeugabsturz! Also … doch, schon, aber er war halt nicht an Bord."*

„Wird er sterben?", hakte sie nach. *„Keine Ahnung, werden wir sehen – werde ich sehen. Die Nachrichten sind ja voll*

von Informationen über die Gehirnkrankheit." Dr. Marburg begann wieder zu lachen: *„Gehirnkrankheit! Großartig, oder? Kommt auch von mir. Also ja, er wird sterben! Erst nach seiner Aktivierung fand ich heraus, dass Menschen mit Blutgruppe AB ziemlich sicher an den Additiven verrecken werden. 4 % der Weltbevölkerung sind doch ein Fliegenschiss! Wo gehobelt wird, fallen nun mal Späne!"*

Erika beobachtete Quirin und ihr fiel auf, dass er gerade in sich zusammensackte. Sie schaute fragend zu Dr. Marburg, doch trotz Quirins offensichtlicher Probleme ließ er sich in seinem Redefluss nicht stören: *„Zunächst war es noch etwas zäh, da sich die Partikel zu langsam auf den entsprechenden Hirnbereich setzten, um dann – die Gehirnströme nutzend – ein Bluetooth-Signal zu senden. Nach einigen Untersuchungen und ein paar Kollateralschäden bekam ich das Problem in den Griff. Also, eigentlich Judith Martin. Das Blöde war halt, dass sie zu viele Fragen stellte. Irgendwann war mir auch klar, dass sie die Stabilisatoren mit Absicht in Quirins Büro vergessen hatte."*

Dr. Marburg schaute zu Quirin, als wolle er eine Bestätigung, merkte jedoch, dass augenscheinlich etwas nicht stimmte. Er blickte zu Erika und gab ihr das Signal, dass sie nach ihm schauen könne. Quirin verließen die Kräfte nun endgültig und der Joint glitt aus seinen kraftlosen Fingern.

Trotzdem sprach Dr. Marburg einfach weiter: *„Dann hab ich kurz nach jeder Impfung ein Bluetooth-Signal bekommen und die geimpfte Person war registriert. Ich konnte nun jeden kontrollieren!"*

Quirin sah von oben, wie Erika auf allen Vieren zu ihm kroch und etwas hektisch seinen Puls suchte. Die hektischen Bewegungen wichen der Gewissheit, dass er keinen Puls mehr hatte und auf dem letzten Weg war. Erika schaute zu den anderen dreien, schüttelte den Kopf und zuckte ratlos mit den Schultern. Sie begann zu weinen. Seine Perspektive auf diese Situation ließ für ihn nur einen Schluss zu. Er starb gerade und er sah, wie sein lebloser Körper zusammensackte. Dass Sterben der Weg zum Tod ist, ergo ein Prozess und kein winziger Moment, merkte er dadurch, dass er seinen Körper noch nicht ganz verlassen hatte. Er schaute an sich herunter und es fehlte noch etwas, was sich aber bei Abschluss des Sterbens vervollständigte. Es war fast alles so, wie man es von Menschen mit Nahtoderfahrungen kennt. Gleißendes helles Licht. Alles weich-gezeichnet. Er sah, wie Dr. Marburg langsam zu seinem leblosen Körper und Erika ging, um seine Neugier zu befriedigen. Er schaute Erika an und zuckte gleichgültig mit den Schultern: *„Und ... tot? Jetzt oder später ... wen juckt's?"* Erika liefen ein paar Tränen über die Wangen und sie brachte gerade noch ein schluchzendes *„Ja."* heraus. Quirin fand sich gerade in einer – für ihn – neuen, doch coolen Situation wieder. Ihm ging es gut und er sah noch das Finale. Dass es eines gab, überraschte ihn und erfreute ihn gleichermaßen.

Quirin spürte, dass er immer höher schwebte. So, als hätte er Heliumballons auf dem Rücken. *„Nein, bitte nicht!"*, bat er ins Nichts hinein. Da er nicht religiös war, wusste er auch gerade nicht, wen er um Hilfe bitten sollte? *„Ich kann noch nicht gehen. Bitte!"* Er wollte einfach nicht abtreten, bevor er das Ende gesehen hatte. Daher versuchte er sich schwebend in eine Ecke zu lenken und mit beiden Händen gegen die Wände stützend, in die Ecke zu drücken. Er konnte das Aufsteigen zwar verlangsamen, jedoch nicht stoppen. So entfernte er sich immer mehr aus dieser Welt, die immer nebeliger wurde und schließlich nur noch aus hellem Licht bestand.

„*Schade*", sagte Quirin noch, bevor es „Zing" machte und seine aktuelle Welt in schwarzes Nichts tauchte. „*Fhrzthannahnnahuijhzg*" war das letzte, was er noch sagen konnte.

16 – Die Realität

Da war es wieder, das Licht! Quirin sah ein furchtbar grelles Licht, als er die Augen öffnete. *„So funktioniert also der Abgang ...“*, flüsterte er. Dann hörte er wieder Erikas Stimme. *„Da, jetzt! Er kommt.“* Er öffnete die Augen, das grelle Licht war immer noch da und er spürte wieder die Hand, die seinen Arm griff. Na klar, dachte Quirin, *„...sitzen ja alle um mich herum und irgendwer wird mich sicher anfassen. Komisch trotzdem, weil ich doch meinen Körper verlassen habe?“*

Das Licht wurde langsam etwas angenehmer und verblasste sehr behäbig. Fast gelassen fiel ihm auf, dass sich durch das Verblassen zwei menschliche Silhouetten herausbildeten. Der Griff an seinem Arm wurde realer und die Stimmen wurden klarer. Er hörte, wie Erika seinen Namen nannte.

„Quirin? Öffnen Sie Ihre Augen. Sie haben alles gut überstanden – Sie wilder Vogel!“ Ein Teil des Nebels blieb innerhalb der Silhouetten, die schärfer wurden und weiße Figuren formten, die sich augen-

scheinlich um ihn bemühten. Langsam bekamen diese Figuren menschliche Gestalt, ein Kopf mit Haaren bildete sich heraus. Seine Augenlieder fühlten sich verklebt an, daher konnte er nur langsam die Augen öffnen und die ihn umgebende Realität offenbarte sich ihm nur langsam. Er versuchte sie weiter zu öffnen und schaute sich um. Er lag, da war er sich sicher. Aber wo? Offensichtlich nicht mehr im Zentrallabor, in dem er gestorben war. Oder doch nicht gestorben war? Er schaute sich weiter um und entdeckte einen Fernseher, der an der Wand hing. Über ihm ein baumelnder Griff und seine Nase nahm einen Geruch wahr, der an Putzmittel aus Krankenhäusern erinnerte. Auf der linken Seite schien es ein Fenster zu geben. Rechts eine Tür, die jedoch von einer der Figuren verdeckt wurde. Als er sie bitten wollte, zur Seite zu gehen, erkannte er ein lächelndes Gesicht, welches ihn an Erika erinnerte. Erika stand dort in weißem Arztkittel und hielt vorsichtig seine Hand. *„Dr. Marburg, er kommt zurück!"*, sagte sie lächelnd und schaute zum Fußende des Bettes. Nun wurde ihm bewusst, wo er war. Er war mit ziemlicher

Sicherheit in einem Krankenhaus. Doch warum?! Er war doch im Keller der Anstalt verstorben und er hatte doch gespürt, dass er seinen Körper verlassen hatte? Am Fußende erkannte er Dr. Marburg, der ebenfalls lächelte. *„Quirin … Sie alter Haudegen! Es ist toll, dass Sie mit … 45 Jahren Treppenstufen herunterspringen möchten, doch tragen Sie beim nächsten Mal einen Helm. Die Fraktur des Schlüsselbeins hätte das zwar nicht verhindert … doch ein Schädelhirntrauma wäre Ihnen sicher erspart geblieben."* Dann wandte sich Dr. Marburg an Frau Prof.-Dr. Schutz: *„Frau Professorin … ich denke, wir lassen ihn noch etwas schlafen."*

Quirin verstand nicht, was hier vor sich ging. Hatte Dr. Marburg die Seiten gewechselt?! Oder Erika? War er doch nicht tot? Er hatte zu wenig Kraft, um die Situation zu begreifen und brachte nur ein *„Erika?"* heraus? Frau Dr. Schutz schaute ihn irritiert an: *„Erika? Wer ist Erika? Ich hatte mich vor Ihrer OP bereits vorgestellt, doch ein Koma kann manche Dinge zunächst mal auf null setzen. Nicht so ungewöhnlich. Mein Name ist Irmgard Schutz und ich leite diese Universitätsklinik. Mein Kollege, den sie am Fußende sehen, ist Herr Dr. Marburg – Chirurg. Dr. Marburg hat Ihr Schlüsselbein operiert und wird sich auch weiterhin um Ihre Genesung kümmern."*

Quirin wurde schlagartig bewusst, wo er war und was sich abgespielt hatte. Seine Erinnerungen kamen zwar nicht ad hoc zurück, ihm war aber nun klar, dass er sich in einem Krankenhaus befand. Er schaute in Richtung seiner linken Schulter und spürte den Schmerz, der von dort ausging. Dann ließ er seinen Kopf ins Kissen fallen und patschte sich mit der rechten Hand auf die eigene Stirn. *„Oh mein Gott ... ich bin kein Wissenschaftler. Ich liege mit Schlüsselbeinbruch und Schädelhirntrauma im Krankenhaus!"* *„Stimmt nicht ganz. Also der erste Teil stimmt schon.",* erklärte Irmgard. *„Sie sind Wissenschaftler ... und Skater ...! Ein Skateboarder, der keinen Helm trug!"*

Quirin begann sich zu erinnern und er sah sich auf dem Skateboard stehen, sein Blick konzentriert und seine Gedanken auf die Treppe fokussiert. Das vermischt mit dem kleinen Gefühl der Vorfreude, die jeder Skater kennt. Er nahm Anlauf, fuhr auf die Treppe zu und kickte kurz vor Beginn der Stufen das Board, um es dann zu flippen – Schmerz – Dunkelheit. Als er dann die Augen öffnete, lag er auf einer Pritsche in einer Gefängniszelle.

„*Nur ein Traum!*", sagte er und schaute dabei nachdenklich aus dem Fenster. „*Deshalb so irritierende Momente und Widersprüche ...!*"

Irmgard drückte noch einmal sanft seinen Unterarm und sagte mit ruhiger Stimme: „*Ruhen Sie sich aus – wir schauen mal, wie es Ihnen später geht, dann können Sie vielleicht noch Ihre Frau und Ihre Tochter sehen.*"

Er war nun ein paar Minuten allein und ließ sich seinen Traum durch den Kopf gehen. Vielleicht war es kein Traum? Vielleicht sieht so der Tod aus? Eine hochrangige Ärztin und ein Chirurg empfangen dich in einem Raum, der deinem Abgang entspricht? Na ja, demzufolge müsste er sich dann auf der Krankenstation der Anstalt befinden. Mit diesem Gedanken kam ihm abrupt die Frage auf: „*Wo genau bin ich eigentlich?*"

Quirin versuchte sich aufzurichten, um aus dem Fenster zu schauen. Es ging besser, als er vermutet hatte und schaffte es sogar, aufzustehen. Er lief behäbig vom Bett zum Fenster, den Tropf hinter sich herziehend erreichte er es und schaute hinaus. Er sah auf eine große Wiese, die eher einem Acker glich, welche von einem Wall in rechts und links aufgeteilt wurde. Am Ende ging der Acker in einen Wald über. Es kam ihm alles so bekannt vor. Kannte er es aus dem Traum?! Aus einer alten Erinnerung oder war es einfach nur ein Déjà-vu?

Er dachte an seinen Traum und mit dem Gedanken *„Ich würde schon gerne wissen, wie es zu Ende geht …!"* fielen ihm die Augen zu und er driftete ab.

17 – Die Familie

Er sank langsam wieder nach unten, das Licht wurde etwas weniger grell und er sah, dass Angelika bemerkte, dass die vier Gestalten sich kaum bewegten und immer noch ziemlich dumm aus der Wäsche glotzten. Als könne er sich nur bis auf einen bestimmten Abstand an die Situation nähern, blieb er auf Höhe der Raumdecke in der Luft hängen, doch nah genug, um die weiteren Momente zu erfassen.

Angelika bemerkte die Unaufmerksamkeit von Dr. Marburg und schaltete sofort, da sie wusste, dass es die letzte und einzige Chance war, aus dieser misslichen Lage lebendig herauszukommen. Sie sprang auf, rannte mit kräftigen Schritten auf Dr. Marburg zu und trat ihm mit voller Wucht von hinten zwischen die Beine. Dr. Marburg drehte sich, während er unter furchtbaren Schmerzen zusammensackte, zu ihr um und brachte noch gerade eben ein *„Umpf …*
du Miststück …!" heraus. Angelika setzte ein böses Lächeln auf und sagte nur: *„Tja, erwischt!"* Bob

stieß sich mit den Beinen am Glastisch ab, rut-
sche auf dem Bauch in Richtung Dr. Marburg
und fing geschickt das fallende Tablet. Die vier
Deppen standen dort und wollten reagieren,
doch sie konnten nicht. Bob sah auf das Tablet
und fand eine Bedienung vor, die ihn an Kinder-
computer erinnerte. Er sah fünf Smartphones
abgebildet und in vieren war jeweils ein Foto der
Deppen zu sehen. Darunter befanden sich die
Knöpfe „Aktivieren", „Stoppen" und „Terminieren". Er wollte den Spuk mit diesen Gestalten
beenden, doch ohne ihnen ernsthaft zu schaden.
Er lief auf die vier zu und schlug sie nacheinander nieder. Sie wehrten sich nicht, da sie nur auf
Befehle reagierten. Blieben diese aus, waren sie
ebenso wenig eine Gefahr für andere wie ein
Cola-Automat. Sah man vom Zucker in der Cola
ab.

Quirin sah sich die Situation an, als sähe er
einen Kinofilm. Er war ob der Wendung äußerst
befriedigt und spürte gerade, dass man selbst im
Traum Lächeln konnte. Nachdem die bösen
Teilnehmer der Geschichte ohnmächtig und ge-

fesselt waren – Hendrik hatte schließlich die Kabelbinder dabei – setzten sich die vier Weltenretter um Quirins leblosen Körper herum, um ihrer Trauer etwas Raum zu geben. Gleichzeitig rief – nein, schrie – Quirin von oben: *„Die Aktivierung, ihr müsst die Aktivierung stoppen!"* Er hörte sich selber nicht rufen, sah aber, dass seine Worte in einzelnen Buchstaben aus seinem Mund kamen und zu Boden fielen. Als die ersten auf den Boden trafen, vernahm er mit jedem Buchstaben ein klirrendes Geräusch, als wären es kleine Bleche oder Glasscherben. Erika drehte sich um, als hörte sie das Klirren, stand auf und ging an die Stelle des Raumes, an der die Buchstaben fielen. Plötzlich schreckte sie auf. *„Die Aktivierung, wir müssen die globale Aktivierung stoppen!"* Quirin hörte zwar ihre Worte nicht, doch das war auch nicht nötig, da er sie spürte. Angelika, Hendrik und Bob schauten sich zu ihr um, nickten und gingen geschlossen zum Schreibtisch. Für Quirin begann die Situation wieder nebeliger und schwammiger zu werden. *„Na los …. bevor ich gehe … bringt es zu Ende!"*, rief er verzweifelt. Er sah, wie Angelika

Erika die fehlende Primzahl nannte und sie 827 eintippte.

Erika setzte sich an den Schreibtisch und klickte und tippte sich durch die Software. Quirin merkte wieder den Zug nach oben und auch die Wände waren plötzlich nicht mehr greifbar. Sie waren da, doch griff er durch sie hindurch. Mit dem letzten Blick auf die Lebenden, sah er wie sie begannen verhalten zu jubeln und sich mit dem Abklingen des Jubels erleichtert auf den Boden setzten.

Quirin spürte, dass er wach wurde; doch traute er sich nicht, die Augen zu öffnen. *„Wer weiß, wo ich jetzt gelandet bin …?"*, fragte er sich in genervter Stimmung. *„Meine Fresse … wegschlafen, grelles Licht, wegschlafen, grelles Licht, tot, doch nicht tot? Langsam nervt es echt …"* Bevor er seinen Entschluss, die Augen zu öffnen, umsetzen konnte, klopfte es wieder an der Tür. Einen kurzen Moment dachte er an die Situation im Hotel, als Bob ihn klopfend aus dem Schlaf gerissen hatte. *„Ja?"*, rief er mit dem gleichzeitigen Öffnen der Augen, *„Ja, Bob komm rein …"*

„Moin, Moin, nene men Jung, ick ben dat, Hendrik – Bob hat Spätschicht! Kommt aber etwas früher heute, da er wusste, dass Dr. Marburg Sie heute aus dem Koma holt!", kam es aus Richtung Zimmertür. Quirin schaute nach rechts und sah Hendrik! Hendrik in einer Krankenpfleger-Klamotte und mit einem Tablett. *„Kleinigkeit zu essen? Nur was Leichtes – irgendwas Schleimiges!"*, sagte Hendrik fies, doch sympathisch grinsend und schaute dabei unter die Abdeckhaube des Essens. Er stellte es auf den schwenkbaren Tisch des Nachtischwagens, lächelte und verabschiedete sich mit den Worten: *„Ich glaube, draußen wartet Ihre Familie schon. Darf ich sie hereinlassen oder möchten Sie erst ..."*, Hendrik hielt sich eine Faust vor den Mund und räusperte sich kurz. *„Äh ... dinieren?"*

Nachdem er versucht hatte etwas zu essen, was in Anbetracht der vorgesetzten Mahlzeit eine Herausforderung war, war er gespannt, wer aus seinem Traum denn nun seine Familie war. So verrückt es klingen mag, doch seine Gedanken waren noch so sehr mit seinem Traum beschäftigt, dass er Schwierigkeiten hatte, seine Vergangenheit und die letzten Wochen anständig einzuordnen. Er hoffte inständig, dass nicht die Frau vom Kiosk seine Ehefrau war. Da blieben aber sonst auch nicht viele übrig. Angelika war zu jung und Frau Dr. Judith Martin nicht sein Typ. Wobei die beiden nicht der Horror wären. Die Kioskbesitzerin allerdings sehr wohl! Und die Männer waren raus. Na ja, wieso eigentlich? Quirins Erinnerung war noch zu schwach, um zu wissen, ob er auf Männer stand! Na wenn schon, dachte er sich. Macht das einen Unterschied?

Ein paar Minuten später klopfte es. Im selben Moment, in dem er verhalten „*Herein!*" rief, öffnete sich schon die Tür. Klassisch für Krankenhausbesuche. Quirin hatte sich schon oft gefragt, was das Klopfen soll, wenn man gleichzeitig die Tür öffnet. Nun gut, wichtiger war nun, zu schauen, was nun kommt.

Er schaute gespannt zur Tür, die sich langsam öffnete und sah wie Judith, Angelika und etwas verhaltener dahinter noch Peter sein Zimmer betraten. Quirin schaute erst etwas verwundert, aber auch zufrieden Er merkte, dass sein Herz zu pochen begann und ein verliebtes *„Judith!"* entfuhr es flüsternd seinen Lippen.

Judith ging lächelnd zu seinem Bett und küsste ihn mit den Worten, *„Quirin … mein Liebster!"* Das fühlte sich richtig an und die Worte kamen ihm bekannt vor. *„Papa!"*, rief Angelika freudestrahlend. *„Ich weiß nicht, ob ich dich noch einmal mit Peter zum Skaten lasse."*, sagte sie lachend. Peter stellte sich ans Fußende, lächelte und reichte ihm ein Foto. *„Quirin, der Trick war … mmmhh … sagen wir „bescheiden", doch das Foto wirst du lieben!"* Quirin nahm das Foto, schaute es sich an und sah, wie er sauber über den Stufen in der Luft hing. Das Brett klebte an seinen Füßen wie es sein sollte. *„Das war vor dem Aufprall?"*, fragte Quirin. *„Ja. Und bei der Landung ist der hintere King Pin gebrochen."* *„Na ja."*, sagte Quirin und schaute auf seine linke Schulter: *„Nicht nur der!"*

Sie verbrachten zwei gemeinsame Stunden und Quirin erlangte in dieser Zeit nahezu alle Erinnerungen zurück. Er war Wissenschaftler am Tropeninstitut und in der Impfstoffforschung tätig. Er war mit Judith glücklich verheiratet und hatte mit ihr eine Tochter – Angelika. Er hatte offensichtlich einige Teile seines Umfeldes in seinen Traum eingebaut. Warum denn gerade Peter so einen unglücklichen Part hatte, erschloss sich ihm nun nicht, doch er erinnerte sich, dass Angelika und Peter vor seinem Sturz gestritten hatten. Na, hoffentlich blieb der Traum ein Traum?

Kurz nachdem seine Familie gegangen war, schaute er zufrieden an die Decke. *„Puh, was eine Geschichte."*, dachte er. Dann klopfte es wieder an der Tür. Mit Absicht schloss er die Augen und sagte: *„Bob, komm rein!"* Die Tür ging einen kleinen Spalt auf und herein schaute Bob: *„Hallo Quirin, schön dich zu sehen."* Quirin hob wie in einer arroganten Siegerpose – soweit es ging – die Schultern und sagte irgendwie zufrieden, *„Na, sag ich doch, Bob!"* Bob hatte Quirins Worte gehört und sagte darauf: *„Na klar, aber leider sind wir hier nicht im Vakant. Oder vielleicht zum Glück?"* Quirin schaute ungläubig und dachte, er hätte sich verhört. Bob ergänzte noch: *„Abgesehen davon, wer nennt ein Hotel schon Vakant?"* *„Vakant? Entschuldige, doch …"*, unterbrach ihn Quirin, doch kaum ausgesprochen sah er hinter Bob die Kioskbesitzerin im weißen Kittel vorbeischlurfen. Sie hielt den kurzen Moment eines Wimpernschlages inne und grüßte lächelnd in Quirins Richtung.

Bob schloss die Tür hinter sich.

Quirin schaut furchtbar irritiert in Bobs Richtung, der zu seinem Bett kam und sich ans Fußende stellte. Er beugte sich etwas nach vorne und stütze sich am Bettrahmen ab: *„Und, wie war es? Ist es gut ausgegangen?"* Quirin stockte der Atem und er stotterte: *„Wie, wie … wie kann das sein?"* Quirins Miene wurde ernst und er suchte hektisch den Alarmknopf. Bobs Grinsen wurde immer breiter. *„Ich bin gespannt, ob jemand überlebt hat und wenn, wer? Und natürlich, ob sie die Aktivierung stoppen konnten. Als Dr. Marburg euch erwischt hatte, war meine Schicht beendet."* Quirin stoppte seine hektische Suche ob Bobs Worten. Er sah diesen verdammten Knopf zwar endlich, konnte ihn aber einfach nicht erreichen. Seine linke Schulter schränkte ihn zu sehr ein. Genervt ließ er sich in sein Kissen sinken. *„Tolle Erfindung … toller Knopf!"*

Bob schaute amüsiert und begann lauthals zu lachen. „*HALLO …*", rief er lachend, „*… wir sind wieder waaaaahach!*" Quirin wurde mittlerweile wütend: „*Alter, jetzt reicht es mir aber gleich echt … was ist hier los?! Was ist richtig, was ist falsch? Ich dreh hier gleich durch.*" Er schaute zum Fenster und runzelte die Stirn. „*Oder bin ich etwa doch tot? Also, so hatte ich es mir nicht vorgestellt?*" Bob hörte einfach mal zu und ging dabei zu seiner Tasche, die er neben der Tür abgestellt hatte und holte einen dicken Block nebst Kugelschreiber heraus. Begleitet von den Worten „*Quirin, die meisten werden wütend, doch beruhigen sich schnell wieder.*", nahm er den einzigen Stuhl des Zimmers und zog ihn zum Bettrand. „*Die Meisten?*", unterbrach Quirin ihn. „*Und außerdem … wer bist du?*" „*Sagtest du nicht „Bob, herein?" Dann weißt du doch, wer ich bin!*" Quirin schaute fragend und genervt gleichermaßen. Bob setzte sich auf den Stuhl, schlug die Beine übereinander und blätterte in dem Block, den er – nachdem er die richtige Seite gefunden hatte – auf seinen Schoß legte. Er schaute Quirin an und sprach weiter, „*Ich bin Bob und wir haben uns am Bahnhof in Mellwater kennengelernt – quasi!*" „*Quasi?*

Was heißt hier Quasi? Also, was nun ... liege ich hier nun im Krankenhaus. Oder was soll der Mist?"

Bob grinste. *„Ich mag diese Momente. Du bist jetzt schon der dritte, mit dem ich das mache."* Quirin bekam große Augen. *„Mit dem du was machst? Macht ihr hier Versuche? War das alles doch kein Traum?"* *„Doch, doch!"*, sagte Bob mit ruhiger Stimme, *"... es war ein Traum und ich möchte wissen wie er zu Ende geht!"* Jedes weitere Wort irritierte Quirin. Hatte man ihn vielleicht reanimiert und nun lag er hier? Quirins Kopf war voller wirrer Gedanken. Wie konnte der Krankenpfleger von der Situation am Bahnhof wissen? Ok, bewegen und damit weglaufen fiel aktuell aus. Also lehnte er sich entspannt zurück, um lässig sein Arme hinter den Kopf zu verschränken. Doch bevor er so weit kam, spürte er sein linkes Schlüsselbein und wirkte dabei mehr komisch denn lässig.

„Ok, Ok, ich löse auf.", sagte Bob und hatte Schwierigkeiten, ob des witzigen Auftritts von Quirin nicht zu lachen. Soll man ja nicht machen, wenn jemand Schmerzen leidet. Sagt man! Bob schaute auf seinen Block und murmelte: *„Soso, wo*

waren wir stehen geblieben? Mmmhh?" Er runzelte die Stirn und hielt den Kugelschreiber in die Höhe wie ein Wissenschaftler, der eine bahnbrechende Entdeckung gemacht hatte. *„Ihr seid in eine Computerzentrale eingedrungen und als ihr dabei wart, das Passwort einzugeben, hat euch Dr. Marburg erwischt ... Moment, das Passwort!"* Er schaute kurz auf seinen Block. *„Primzahlzerlegung, das war es. Ich habe die Zahl im Internet auf so einer Matheseite zerlegen lassen. Ich war überrascht, dass du so was im Kopf hast. Die fehlende Zahl ist die 827, richtig?"* Quirin lag staunend in seinem Bett und bekam nur ein leises *„827, stimmt!"* über die Lippen.

„Also, Hendrik und ich sind Krankenpfleger und arbeiten schon seit geraumer Zeit zusammen. Er auf Station A, also hier und ich auf Station B. Vor ein paar Tagen erzählte er mir, dass du im Koma sprichst und es klänge spannend. Und da ich verrückte Geschichten mag und sie auch hin und wieder aufschreibe, habe ich mich neben dein Bett gesetzt und zugehört. Und mitgeschrieben!" Bob wedelte mit dem Block und sah, wie sich Quirins Anspannung in Neugier wandelte.

„Das ist ja cool! Und du hast alles mitgeschrieben?"

„Ja, so gut es ging. Manchmal war es mühsam. Du hast nicht alles in einem Fluss erzählt und mal eine Stunde Pause gemacht.

Die Pausen teilen die Geschichte aber in Kapitel ein. Das war interessant. Wie ich sagte, ich mach das schon zum dritten Mal. Drüben auf meiner Station schon zweimal. Aber keiner erzählte so spannend und strukturiert wie du."

Quirin fand die Sache großartig und fasste Bobs Worte als Kompliment auf. *„Ich bin gestorben!"*, sagte er und hob dabei eine Augenbraue. *„Zumindest denke ich, dass es das war. Hab ja keine Ahnung, wie Sterben geht. Aber … mmmh … vielleicht war das kein Traum und wir zwei sitzen hier und warten auf die Engel, die uns zum Himmelstresen bringen?! Na dann, Prost!"* Bob lachte, prostete mit dem Kugelschreiber in Quirins Richtung und schaute sich im Zimmer um. *„Puh, nicht dass ich wüsste!"* Dann kratzte er mit dem Kugelschreiber über seinen Handrücken und schaute dabei, als würde es schmerzen. *„Fühlt sich echt an!"*

Nach einem kurzen Moment der Stille brach Bob das Schweigen: *„Also, wenn du Lust hast, dass wir deine Geschichte zu Ende bringen, ich wäre bereit!"* *„Unbedingt"*, sagte Quirin. *„Ihr wart also in dieser Computerzentrale und Dr. Marburg hatte euch gerade erwischt …!"*

Quirin schaute aus dem Fenster und dachte kurz nach, bevor er sich langsam zu Bob drehte, die Augen schloss und zu erzählen begann:

„Dr. Marburg stand dort und als er seinen vier Begleitern sagte, sie sollen uns töten, verstrickte Angelika ihn in ein Gespräch und traf seinen wunden Punkt. Seine Eitelkeit ..."

18 – Die Entlassung

Quirin saß in seiner kleinen übersichtlichen Zelle und wartet mit gepackten Sachen darauf, abgeholt zu werden. Dann klopfte es endlich an der Tür. *„Was soll das?"*, rief Quirin und schmunzelte, weil er wusste, wer klopfte. *„Immer herein!"* Die Tür öffnete sich und Hendrik trat herein. Quirin schaute mit etwas gesenktem Kopf auf, blickte in Hendriks Augen und legte den Stift beiseite. *„Seit wann klopft ihr?"* *„Na ja!"*, erwiderte Hendrik, schaute auf den Wandkalender in Quirins Zelle und deutete auf das dicke Kreuz: *„Ist heute nicht der große Tag? Dein großer Tag. Ich denke schon, oder?"*

Quirin schaute zufrieden und schloss das Buch, welches vor ihm auf dem Tisch lag. Er legte behutsam seine Hände zusammen und senkte sie vorsichtig auf den selbstgemalten Frontdeckel. *„Jaja, fünf Jahre."*, sagte er und hob dabei die linke Augenbraue. *„Kurz mal eben umgeschaut, schon sind fünf Jahre um. Nun, zumindest war der Lockdown im letzten Winter kein Problem für mich."* Da Hendrik einen außerordentlich schwarzen Humor besaß, scherzte er: *„Na ja, sind auch ein paar Wohnungen mehr frei als vor fünf Jahren."* Erst dann bemerkte er die schützenden Hände auf dem Frontdeckel. *„Hey ... ne, oder?"*, fragte er staunend. Quirin musste unweigerlich grinsen. *„Doch ...!"* *„Es ist fertig? Ist es echt fertig? Ich würde es gerne lesen."* *„Ja, es ist fertig. Muss nur noch einen Verleger finden. Und ja, natürlich bekommst du vorher eines!"*, versprach Quirin.

Quirin stand auf, nahm seine Sachen und wurde von Hendrik zum Ausgang begleitet. Es war eine gewöhnliche Haftanstalt und lag etwas Abseits auf dem Land. Modern und verglichen mit anderen Haftanstalten schon fast gemütlich. Sie liefen über den großen Hof zum Ausgang. Hendrik ließ von einem Wärter die kleine Tür öffnen, die sich im großen Haupttor befand und verabschiedete sich von Quirin: *„Machs gut und komm nicht wieder."* *„Nein, nein ... keine Sorge!"*, sagte Quirin lächelnd und schlug in die Hand ein, die ihm Hendrik bot.

Quirin durchquerte die kleine Tür des Haupttors. Er stand nun dort, nahm einen tiefen Atemzug, schaute nach rechts, nach links, überquerte die Straße und lief Richtung Osten. Die Wärter sagten zwar, er solle Richtung Westen laufen, um den kleine Ort Mellwater zu erreichen, doch es hatte sich herumgesprochen, dass die Angestellten jeden entlassenen Häftling mit voller Absicht in die falsche Richtung schickten. Wie furchtbar alt und langweilig dieser Spaß war, überrissen die Wärter bis dato nicht.

Hendrik schloss die Tür hinter Quirin. *„Irgendwie schon schade ... Quirin war einer der angenehmeren."* Er ging zu seinem Büro zurück und öffnete die Tür, die zu seiner Verwunderung nicht abgeschlossen war. Das passiert ihm sonst nie, doch er dachte sich nichts weiter dabei. Als er in sein Büro trat, sah er, dass wohl doch jemand in seinem Büro gewesen war. Auf dem Tisch lag ein kleines schlicht eingewickeltes Päckchen. Das musste Erika dorthin gelegt haben, denn außer Erika hatte niemand Zugang zu seinem Büro. Er setzte sich an seinen Schreibtisch und ließ das Päckchen streichelnd durch seine Hände gleiten, als wäre es in Samt gewickelt. *„Na klar!"*, sagte er zu sich selbst und lehnte sich lachend in seinen Bürostuhl zurück. *„Das Reinigungspersonal! Quirin, du Hund!"*

Bevor er das Paket öffnete, strich er sich über den Hinterkopf und murmelte: *„Diese Kopfschmerzen!"* Seit drei Tagen quälten ihn diese Kopfschmerzen. Quirin meinte, es sei Eisenmangel und gab ihm eine Packung Tabletten aus der Anstaltsapotheke. *„Bei Eisenmangel!"*, las Hendrik auf der Schachtel. Er nahm eine und schickte sich an, endlich das Paket zu öffnen.

Bevor er das braune Papier entfernen konnte, klopfte es wild an der Tür. *„Herein!"*, rief Hendrik etwas irritiert. Die Tür öffnete sich hektisch und wie die Sieben Zwerge stampften Angelika, Erika, Bob, Dr. Marburg, Frau Dr. Martin und die schrullige Kantinenchefin Heidi in sein Büro. Jeder von ihnen hatte ein Buch mit selbst gemaltem Frontdeckel in der Hand. Ein wirres Stimmengewirr füllte sein Büro. Er versuchte zu filtern und hörte diverse Beschwerden. *„Ich bin Küchenchefin … und keine Kioskbesitzerin."*, empörte sich eine verrauchte Stimme. *„Ich …"*, rief Angelika,

„… bin 30 und keine Auszubildende. Na ja … was soll's, bin ja irgendwie doch eine Heldin!" Sie sah auf das Buch, zuckte mit den Schultern und schaute in die Runde. *„… Was soll Hendrik sagen?"* *„Was? Wieso, was bin ich denn?"*, zickte Hendrik. *„Stimmt schon!"*, beruhigte sich Bob. Bob war Leiter der Bibliothek und er befand sein Intellekt zu wenig berücksichtigt. Auch Judiths Entrüstung wich einer kleinen Begeisterung. *„Mhh, hätte ich die Probe nicht entwendet … doch eigentlich eine entscheidende Rolle?! Aber eine Familie mit Quirin?"*

Bob griff in seine Hosentasche und holte eine Schachtel Tabletten hervor. *„Bei Kopfweh durch Eisenmangel hilfreich, sagte Quirin vorgestern."* Bob öffnete den Mund und warf sich lässig eine Tablette ein. Die anderen staunten und packten ebenfalls ihre Tabletten aus. Wie im Chor, flüsterten sie leise: *„Ups!"* Hendrik schaute auf seine Tabletten, schaute hoch, wieder auf seine Tabletten, auf die anderen und schließlich wieder aufs Buch.

Dann entfernte er langsam das braune Papier, hielt das Buch vor sich und musterte es. Als er den Titel las, musste er grinsen.

>> Die Vakzination des Impfens<<

Sein anfängliches Grinsen ging nahtlos in verhaltenes Lachen über: *„Hahaha ... wie passend ... so aktuell. Das kommt davon, wenn ein Virologe und Wortspielfreund Langeweile hat!"*

Nach einem Fußweg von ca. vier Stunden, erreichte Quirin Mellwater. Klein und beschaulich und je näher er dem Stadtkern kam, desto schöner wirkte der Ort. Ein kleiner, rund angelegter Stadtpark bildete den Mittelpunkt des Ortes. Der kleine Park war von Eichen bestimmt, die sich nahezu perfekt über die ganze Fläche verteilten, die wie der Mittelteil eines großen Kreisverkehrs wirkte. Umgeben von Geschäften, die voller fröhlichem Leben waren. Der Park war durch einen Kiesweg in zwei Hälften geteilt und von diesem gingen einzelne kleine Wege aus, die jeweils zu einer Bank führten.

Quirin stand am Anfang des Parks und schaute sich um. Von einer Bank in der Mitte des Rondells winkte ihm erfreut ein Mann kurz zu, um ihn dann schließlich herbeizuwinken. Quirin schaute zufrieden, lief zur Bank und setzte sich lächelnd, doch zunächst stumm auf die Bank. Der Mann hielt Quirin eine Bierdose vor die Augen und unterbrach das Schweigen: *„Quirin, schön dich zu sehen, Bierchen?"* *„Oh ja, gerne!"*, erwiderte Quirin. *„Schorschi, wenn du wüsstest, was für ein schreckliches Bier ich in den letzten fünf Jahren ertragen musste."* *„Aber Quirin ... das war es doch Wert, oder?"*

Quirin öffnete zischend die Bierdose. *„Werden wir sehen."* Dr. Christian tat ihm gleich und öffnete sein Bier. *„Denkst du, sie nehmen alle die Tabletten?"* *„Nun, einige haben schon begonnen und für den Rest habe ich ein Buch geschrieben ..."*, erklärte Quirin. Schorschi reagierte mit etwas Unverständnis und entgegnete: *„Äh, ja ... und warum?"* Quirin hielt sein Bier kurz in die Abendsonne, um dann lächelnd festzustellen, dass es eine Dose war und keine schicke Flasche. Er mochte dieses bernsteinfarbene Schimmern des Bieres, wenn die Sonne durchschien. Es gibt Gewohnheiten, die legt man nicht ab, selbst wenn es keinen Sinn ergibt.

Dann wandte er sich zu Dr. Christian und reichte ihm eine Ausgabe seines Buches. *„Man sieht zwar, dass es selbst gebunden ist, doch das sehr gut."* *„Wie* *konntest du so viele Seiten ausdrucken – die anderen müssen ja auch eine Ausgabe bekommen haben?!"* fragte Dr. Christian. *„Kontakte, mein Lieber – gute Kontakte!"*, antwortete Quirin lächelnd und hielt ihm die Dose zum Prosten entgegen.

„Drei haben schon vor ein paar Tagen begonnen, die Tabletten zu nehmen. Die anderen nehmen die Tabletten allerspätestens, wenn sie es gelesen haben! Ich bin mir sicher, dass wir spätestens am Samstag alle sieben aktivieren können."

Plötzlich blinkte es auf dem Tablet und Bobs Name und Konterfei erschien. Dr. Christian lächelte und stieß mit Quirin an.

„Nummer 1 von 8 Mrd., Dr. de Jeuner, auf die Weltherrschaft!"

„Dr. Christian, Prost! Auf die Faszination des Impfens!"

Die Abendsonne senkte sich und verschwand hinter den Bäumen.

Es klang blechern, als die Bierdosen aneinanderstießen!

Ende!

Zeitfracht Medien GmbH
Ferdinand-Jühlke-Straße 7
99095 Erfurt, Deutschland
produktsicherheit@kolibri360.de